逃离未来

[日本] 小林泰三——著

丁丁虫——译

Yasumi Kobayashi　未来からの脱出

译林出版社

图书在版编目（CIP）数据

逃离未来 /（日）小林泰三著；丁丁虫译．—南京：译林出版社，2023.10

（译林幻系列）

ISBN 978-7-5447-9858-7

Ⅰ.①逃… Ⅱ.①小… ②丁… Ⅲ.①幻想小说－日本－现代 Ⅳ.①I313.45

中国国家版本馆CIP数据核字（2023）第150067号

著作权合同登记号　图字：10-2022-431号

逃离未来　[日本] 小林泰三 / 著　丁丁虫 / 译

责任编辑　竺文治
特约编辑　李玲慧
封面插画　HY何
装帧设计　@broussaille私制
校　　对　孙玉兰
责任印制　闻媛媛

原文出版　角川书店，2020
出版发行　译林出版社
地　　址　南京市湖南路1号A楼
邮　　箱　yilin@yilin.com
网　　址　www.yilin.com
市场热线　025-86633278
排　　版　南京展望文化发展有限公司
印　　刷　南京新世纪联盟印务有限公司
开　　本　850毫米×1168毫米 1/32
印　　张　8.875
插　　页　4
版　　次　2023年10月第1版
印　　次　2023年10月第1次印刷
书　　号　ISBN 978-7-5447-9858-7
定　　价　56.00元

目录

引子 / 逃离未来

终于看到了像是森林出口的地方。

嗡嗡嗡。

振翅声很烦人。

抬头一看，几只苍蝇在头上飞。

头晕目眩。

三郎用衣袖擦了擦额头的汗，然后呼哧呼哧喘了几口气。

看起来距离出口只有几十步了。但是腿怎么都动不了。想往前走的时候，会出现自己都没想到的动作，左右腿绊在一起。

三郎咬牙切齿。不能随意指挥自己的肉体，实在太郁闷了。

我到底多大了？

这个问题连自己都觉得很蠢。只有很小的孩子或者认知能力衰退的老人，才搞不清自己的年纪。

自己不可能是孩子。那就是个老头子了。连自己的年纪都不知道的老头子。

我真的没问题吗？真能平安离开这座森林吗？更核心的问题是，自己离开森林的决定是正确的吗？说到底，自己有什么理由必须逃离？不对。就算有理由，自己又怎么能断言那不是妄想？

三郎深深吸了一口气。

好吧。再来冷静思考一下。自己能信任自己的头脑吗？

三郎突然笑了起来。

太蠢了。问题本身就错了。“能不能信任自己的头脑”，怎么可能用自己的头脑来判断这种问题呢？

既然如此，那该由谁判断？他们？不对。不行。他们在骗我。不能相信……

……但如果这本身就是妄想呢？也许我是个惹人烦的老不死。

其实更希望是这样。相比于拖着衰老的躯体、独自一人面对几乎无法抗衡的阴谋，宁愿自己是个抱有妄想的痴呆老头。后者也更容易处理。

就这么定了吧。转身回去，和他们道个歉就完了。

对不起。我迷路了。

三郎摇摇头。

不行。还不能放弃。如果我只是患有认知障碍，那么他们很快就会追上我，然后应该会采取适当的措施。所以没必要着急回去。问题在于，如果自己不是认知障碍呢？在那种情况下，如果无法逃脱，等待自己的将会是绝望的未来。

三郎摸索着上衣口袋。

他摸出一张折到很小的黄色纸张，上面满是变色的污渍。

纸上画了一条隐约可见的曲线。总体上近乎直线，但满是蚯蚓般的蜿蜒曲折，看起来像是信手涂鸦。至少不像地图。地图必须是现实世界的复制品，否则就不会有指路的功能。如果地图上没有现实世界的标记，它就没有用处。所以，不可能有什么地图上只有一条曲线，任何地形和建筑都不标注。

但出于某种理由，三郎认为这就是地图。为什么它看起来不像地图？因为不能让自己意识到这是地图。谁不让？当然是他们。

想到这里，一切都说得通了。

三郎知道怎么看这张地图。

他把纸斜斜举起，透过阳光去看。

背面的污渍透过纸张。污渍很多，形状各异。曲线在污渍间穿行，没有和任何污渍重叠。当然，这可能仅仅是巧合。但三郎认为这不是巧合。他断定这是某人有意画的曲线。

在森林中前进时，他意识到，污渍与污渍之间的缝隙，和森林中蜿蜒的兽道，形状与长度都是一致的。

一开始他还以为是错觉，但还是决定赌一赌。他假定这就是地图，按照上面的路线前进。

于是他便来到了这里。森林的出口。

这证明这张纸就是地图。不是自己的妄想！

不对，等等。这是真的吗？

三郎问自己。

如果，“按照地图的指示来到了森林的出口”，这件事本身就是我的妄想，那会怎么样？

我记得自己是按照这张地图的指示走过来的。但是，仔细想想，也有些暧昧不清的地方。是不是因为自己认定这是地图，所以记忆也被相应地扭曲了？

这样的可能性当然也存在。但如果连这一点都要怀疑，那真的什么都无法相信了。

三郎再度走了出去。虽然还是有些踉跄，但总算能往前走。

重要的是一点点往前走。走出森林。

不过，走出森林以后，又该做什么？

三郎发现自己不知道走出森林以后该做什么。自己忘记了原本的目的吗？或者，从一开始就没有明确的目的？为什么连这么重要的问题都不知道？难道自己的认知机能真的有障碍？

嗡嗡嗡。

振翅声太吵了，无法集中精神。

三郎抬头看去。

苍蝇飞来飞去。相当大的苍蝇。

有点眼花，苍蝇看上去都有重影。甚至看不清楚到底有几只。

妈的，我到底怎么了？

三郎双手捂住耳朵，排除不必要的刺激。他闭上一只眼睛，试图看清苍蝇的状态。

苍蝇还在那里。但是，有什么地方不对劲。

继续捂着两只耳朵，慢慢睁开闭上的那只眼睛。

每只苍蝇都有重影。不过，那影像慢慢聚焦成一个。

似乎只是因为大脑没能正确处理两眼的视差。但为什么会发生这样的现象？

所有苍蝇的影像都聚焦成一个。

三郎终于理解了自己大脑混乱的原因。

人类的大脑会根据双眼的视差来确定所见物体的距离。看远处的物体时，双眼视线几乎平行；看近处的物体时，左眼和右眼都会略微偏向内侧。当然，分辨物体距离的方法不仅依靠视差。远处的物体看上去比近处的物体小，所以也可以通过外观大小来推测距离。

用一只眼睛看苍蝇的时候，感觉苍蝇离自己只有几十厘米远。但用双眼看的时候，双眼几乎没有视差。这就是说，从外观大小推测应该是在几十厘米处的物体，从视差推测其实是在几百米的远处。这两个矛盾的信息让三郎的大脑陷入了混乱。

但只要放弃苍蝇的体长是几毫米的想法，那就没有任何矛盾了。

没错。苍蝇几乎和人类一样大。

三郎的心跳加速了。

那是真实存在的东西吗？或者是我的大脑创造出来的幻觉？

如果是幻觉，大概没什么危险。但如果是真实存在的东西呢？

没有迹象显示它们具有攻击性。但是，认为巨大的苍蝇会很友好，似乎过于乐观。怎么办？还是应该离开森林吗？或者，躲在树丛里更安全？

自己完全不知道森林外面是什么情况。说不定是个开阔地带，刚一出去就会被头上的苍蝇袭击。那样的话，也许还是躲在森林里更好。

苍蝇盘旋着发出振翅声，开始慢慢下降。它们好像看到了三郎的身影。虽然不知道苍蝇的视力好不好，但三郎既然能看见它们，那么它们很可能也能看见三郎。飞机着陆需要跑道，但苍蝇恐怕不需要那种东西。毫无疑问，再过几秒，第一只苍蝇就会降落在三郎身边。

三郎不顾一切地跑了起来。

总之先要从它们的视野中消失。然后设法找一个藏身之处躲起来。躲上好几个小时，直到它们飞走。

跑了一会儿，虽然还是能听到振翅声，但是苍蝇们的身影被树木挡住看不见了。也就是说，它们也看不见自己了。

三郎无力地跪倒在地。已经累到极限，又跑了那么一大段，现在简直连气都喘不上了。他本想屏住呼吸，但喘息太激烈，强行憋气反而让他剧烈地咳嗽起来。不知道苍蝇的听觉有多好，只能祈祷它们没那么敏锐了。

三郎在四周寻找藏身的地方。他的手腿都在颤抖。周围都是树，当然不可能那么走运地找到山洞之类的地方。

三郎抬头往上看。

如果爬到树上，说不定还能躲在枝繁叶茂的树枝间。但是以现在的体力，他不可能爬得上去。上面不行，那就只有下面了。

三郎在树根间搜寻。他发现有两棵树生得很近，中间的缝隙勉强能容纳一个人。虽然不算是最好的藏身地，但眼下没有更好的地方了。三郎设法把自己的身子挤进那道缝隙里。然后他伸出手，把散落在地上的落叶搜罗过来，盖在自己身上。

他甚至没办法检查自己有没有藏好。但也只能相信自己藏好了。

振翅声越来越大。好像是要降落的样子。

怎么办？在它们降落下来之前，自己能逃走吗？

但很明显的是，就算能逃，转眼也会被追上，所以逃跑也没意义，还不如老老实实躲在这里，祈祷苍蝇不会发现自己。

咚的一声，什么东西撞了上来。好像是苍蝇怪落地了。

三郎很想从落叶中探出头去看看怪物的情况，不过他还是努力忍住冲动。说不定它们真的找不到自己。现在只能赌一把。

沙沙的声音在靠近，像是人在走路。

不要急。躲在这里，一点都不要动。

脚步声来到了三郎的身边。

走吧，走过去吧。

但是，苍蝇的脚步声无情地停了下来。

求求你，快走过去吧。如果不行，那就干脆点杀了我。

但是苍蝇的行动并不是两者之一。

那是扭曲怪异的、极难听清的声音。但那显然是人在说话。

“欢迎回来。我们一直在等你。”

第一部

1

整个白天都只是呆呆地看着电视。

大厅里放了好几台大屏幕电视。每一台都显示着不同的画面。大部分是电影或者电视剧，偶尔也会有歌舞节目或者体育比赛的实况转播。

三郎不时会看几眼电影和电视，不过大部分都是以前看过的，所以并没有用心去看。至于体育比赛，他原本就没兴趣，而且从一开始就不相信那是实况转播。就算是实况，球员也是精巧的人形机器人，或者连整个比赛都是电脑制作出来的。不过三郎认为那应该是录像。不至于为了一个体育比赛的实况转播花费那么多心思。

但是其他老人都在一脸热切地观看体育比赛。当然，其中有些人可能并没意识到自己在看比赛。因为就算换成了电视剧和歌舞节目，他们还是带着同样的表情看得入神。

“这是录像，对吧？”有一天，三郎实在忍不住，朝着刚巧坐在他旁边的老人问。

大屏幕电视前面放了几丨把椅子，彼此隔得很远，大概是考虑到有些入住者需要坐轮椅来看吧。实际上，现在坐在电视前面的十几个人里，差不多一半人都坐在护工推动的轮椅或者自己操控的电动轮椅上。

“啊？”那老人吃了一惊，“你说什么？”他好像有根拐杖就能自己走路。

“这个球员在我年轻时候就很活跃了。不可能这么年轻。”

“哦，这样啊。”老人似乎没什么兴趣。

“你不奇怪吗？”三郎感到很烦躁。

“奇怪什么？”

“就是说，一直在给我们放过去的录像。”

“那有什么不好？”

三郎不知道该不该继续对话。这里的入住者中，相当一部分都有老年痴呆。如果现在和自己说话的人也是其中之一，那自己完全是在浪费时间。

不过仔细想想，好像也没什么关系。在这里，时间多得是。在各自抵达自己的人生终点之前。

三郎决定继续。“体育和电视剧不一样，它没有情节。正因为这样，所以很难预测后面的发展，这一点正是它有趣的地方。看一场已经知道结果的比赛，那就没意思了。”

老人偏了偏头，然后慢吞吞地说：“有情节的电视剧也很好看。”

“那是因为不知道结局……”

“那，你知道这场比赛的结果吗？”老人的声音里带上了少许怒气。

“这个……”三郎努力回忆，但什么也没想起来，“我不记得这场比赛，不过……”

“那就好好享受吧。明明看的是一场不记得的比赛，非要说什么‘别给我看过去的比赛’，这不是有点太任性了吗？”

“我不是那个意思。”

“能安静一点吗？”老妇人在后面说，“我正在看这场比赛。”

“吵吵的是这个老头，”老人指指三郎，“他对这个节目有意见。”

“不不，我只是指出事实……”

老妇人严厉地瞪着三郎。

三郎顿时失去了反驳的勇气。

这个老人说得有道理。大家都在开心地看着电视，自己非要跳出来说“太奇怪了，这个节目怎么可能有趣”，这才是莫名其妙。坚持这样的意见，能给谁带来好处呢？

三郎决定放弃，他悄悄离开了。

三郎通常自己操控电动轮椅。虽然并不是完全不能走路，但从房间一头走到另一头，需要花费将近一分钟，所以还是坐轮椅更方便。

大厅一角摆着好几个大书架，书架上放了各种书，从学术书到漫画书都有。大厅本身空间很大，书架上的书籍数量估计都能赶得上中小学的图书室。这里放的书，谁都可以带回自己房间。不光是书，这里还陈列着各种影视光盘，也同样可以带回自己房间，在个人用的显示器上看。

三郎拿了几本书，但要不要借，他有点犹豫。这些书好像挺有趣，但他不知道自己以前有没有读过。好像读过，也好像没读过。读过的书再读一遍，那就是浪费时间。

犹豫了一会儿，他忽然想起刚才那个老人说的话。

“明明看的是一场不记得的比赛，非要说什么‘别给我看过去的比赛’，这不是有点太任性了吗？”

三郎略微想了想，意识到自己为什么会想起这句话，不禁苦笑起来。

刚才那句话也适用于眼下的情况。就算过去读过，只要不记得，那就等于没读过。读就是了。就算是第二次读，只要还觉得好看，那也没有任何损失。

三郎把几本书放在膝头，操控电动轮椅，沿着走廊驶向自己的房间。

在沿着走廊前进的过程中，三郎感到有些不对劲。

一开始他以为是轮椅发出的噪声让自己不适，因为电动轮椅发出低沉的嗡嗡声。但是习惯了那种声音就没事了，甚至还会感觉有些轻快，像是自己开车一样。

不是这个，那是什么？

三郎的目光落在膝头。

果然还是因为刚才的事情。

电视也好，书本也好，只要不记得，那么看多少次都没问题，每次都能享受。这确实是个真理。但与此同时，他又觉得这样好像也不太对。

如果不管看多少次，读多少次，完全都记不下来，那看和读还有什么意义？看和读的目的不就是为了把内容留在记忆里吗？留在记忆里，人才会有所变化。所谓成长，不就是这样的吗？然而如果看到的和读到的东西都不能留在记忆里，那岂不是意味着自己再也不能成长了吗？

三郎突然感到愤怒。他也不知道自己对什么愤怒。是愤怒于自己无法保留记忆吗？还是对这个机构的体系感到愤怒，因为它在糊弄入住的老人，当然也包括自己？或者是对上帝的愤怒，因为上帝把衰老这一现象编入生物体？

这本书自己说不定已经读过几十遍了。不光是这本。可能图书架上所有的书都读过，所有的影视光盘也都看过。

这样说来，自己以前好像也想过同样的事情。自己每次在那里看书的时候，是不是都会和这次一样，想到同样的事情？

三郎很沮丧。这里的生活看似平静，但如果每一天都没有任何变化，只是不断重复同样的行为和思考，那岂不是和地狱一样吗？

三郎感到心跳加速，呼吸困难。

他担心自己就这么死去。

不，不能死于精神压力。这只是暂时的迷惘。

三郎努力做了一个缓慢的深呼吸。

冷静点。没什么好担心的。冷静下来好好想想。这样才能搞清楚自己的状况。

我担心自己每天都在重复同样的日常，因此陷入了不安。但这没有任何根据，只是自己的感觉，也就是纯粹的心理作用。别去管它就好。

但是怎么能不管？怎么才能让自己相信，自己没有不断重复同样的经历？

也许没那么难。只要找到任何一项证据就行，证明自己的日常生活没有陷入循环。但哪里会有证据？

当然，证据应该在我的脑子里。如果陷入循环，我的记忆应该有上限。比如说，如果完全没有昨天的记忆，那么我很可能每天都在重复同样的一天。

那么，我昨天做了什么？

当然和今天几乎一样。早上起床，在食堂吃饭，看些无聊的录制电视节目，然后借几本书回房间。

看起来完全是在重复同样的一天，不过实际上并非如此。饭菜和看的电视都和今天不一样，借的书也和今天不同。而且自己昨天可没有和那个可恨的老不死吵架。

三郎松了一口气。

我不是每天都在重复同样的一天。

但是前天呢？如果循环的周期是两天呢？

前天的事情不像昨天那么容易想起来，不过依稀有点印象。那好像也和昨天、和今天不一样。

那么再前一天呢？

三天前的事情确实不那么容易回想起来。不过这也并不能证明自己在以三天为周期过着同样的日子。说到底，如果是以准确的某几天为周期循环，要是其他老人的周期不同，那就会很奇怪。不可能有那样的巧合吧。

但是，只要记忆存在上限，自己就无法证明自己精神健全，不是吗？需要别的办法，记忆之外的办法。比如说，像日记。对了，我应该会想到写日记。

不对，我确实在写日记。至少我记得自己昨天写了日记。

三郎打开自己房间桌子的抽屉。

里面有一本日记本。

他打开写了字的最后一页。那上面确实写了昨天的事情，和记忆里一样。当然，也有自己写那篇日记的记忆。

再看前一页，也是记忆中前天发生的事。再往前翻，记忆越来越模糊，但也有种隐约记得那些事情的印象。

他翻到第一页，去看第一篇日记是什么。

令人毛骨悚然的是，那还是一篇普普通通的日记。极其普通的日常生活。早上起床，吃了什么，看了什么，读了什么。单看这些好像一点也不奇怪。但是考虑到这篇日记的位置，那就很奇怪了。

作为来这里第一天写的日记，它显得非常不自然。不管是谁，第一天肯定都会写一些自己的抱负、自己的印象。然而他只写了这么一篇枯燥乏味的日记，就像已经在这里生活了十年一样。

也就是说，这不是第一天的日记。虽然写在第一页，但未必是第一篇日记。如果这是第二本日记本，那么第一页写的也是日常琐事，那就没什么可奇怪的。不，可能不是第二本，说不定是第一百本了。如果真是如此，那么应该还有其他日记。

桌子抽屉里没有其他日记本。

既然这样，是不是放到其他地方去了？

三郎找遍整个房间，但没找到任何像是日记本一样的东西。那，是不是没放在这个房间里？还是销毁掉了？

销毁日记并非没有可能。但在大多数情况下，他会连写日记这种行为都干脆停止。一个每天都认真写日记的人，很难想象他会轻易处理掉过去的日记。既然如此，那么日记就应该藏在某个地方。

也可能是被其他人拿走了？

这个房间平时都是锁着的，但这里的员工有备用钥匙。他们应该随时都能拿走。

如果是这里的员工拿走的，那就麻烦了。

三郎有点不耐烦了。

这里的工作人员可以说很有能力，也不偏袒任何人。他们随时观察入住者的一举一动，准确地掌握着每个人的状态。比如说，如果入住者动作比平时稍微慢一点，他们就会马上过来测量体温、血压、心率，悉心照顾，或者采取用药之类的必要措施。饮食也充分考虑了各人的健康状况和嗜好。与此同时，每天的日程表也不是单一的，而会依照各人的生活模式进行针对性的调整。

说起来，这里的一切都尽善尽美，按理说不应该有任何不满。但偏偏还是有一些入住者抱有强烈的不满，包括三郎在内。

无法和员工沟通。他们不说日语。一句话都不说。

他们说的是未知的语言。这里几乎所有的入住者母语都是日语，然而连一个说日语的员工都没有，可以说相当不正常。

从员工们自己的交谈情况来看，他们彼此之间的交流没有问题。

入住者中有一些会说英语、中文或者韩语，但对员工来说好像也是陌生的语言。

和日本人相比，他们的肤色稍显浅黑，但也很难确定他们的人种。因为他们拥有白人、黑人、黄种人等各个种族的全部特征。

三郎仔细观察过他们说话的样子和身体姿态，想要从中找到一些对话的线索，但完全没有头绪。如果是普通的语言，应该会吸收一些外来语，但他找不到类似的单词。

无论是用日语招呼，还是用已知的外语招呼，他们的回答通常都是未知的语言。但他们的应对通常都很准确，让人感觉不管是日语还是英语，他们实际上都能理解。不过，就算什么话也不说，他们也能正确对待每个人，所以也可能还是听不懂入住者的语言。

有些入住者想，既然他们不想学自己的语言，那么自己就去学他们的语言，但那些员工也根本不打算教他们说自己的语言。即使根据员工的语言和动作推断出单词的含义，反过来再和他们说，他们也没有任何反应。通常而言，如果外国人能说自己的语言，哪怕只是只言片语，一般人也会露出开心的反应，但他们依然没有丝毫反应。

这里到底是什么地方？

三郎满是疑问，他努力回想自己怎么进来这里的。

但是无法确定。总觉得自己慌慌张张地办了各种手续。好像是自己一个人做的，也好像是有人帮忙的。

不能清晰回想起来，果然还是因为自己患有某种记忆障碍吧。说不定自己刚来这里的时候症状相当严重，最近才有所改善？

不过说起来这里到底是什么地方？日语也好英语也好，员工全都听不懂，或者装作听不懂。怎么会让这样的人来照顾老人？难道这是什么实验？但是自己应该不会同意参加这样的实验。难道自己连同意参加的事情都忘了？就算是这样，但自己现在已经没有那个意愿了，就不应该受到这样的对待。

但是他也想不出什么办法摆脱现状。对员工发出抱怨，他们也没有任何反应。有时候三郎也会和其他入住者讨论，但大家全都和他一样，完全不知道为什么会陷入这样的状态。

对于现状，他有一种模糊的认识。

自己的年龄差不多一百岁。不知道是九十多岁还是一百零几岁。大概就是这个范围。其他入住者也都差不多吧。不过外表和年龄的个人差异很大，所以也可能有更年轻的，也可能有更年老的。

地点大概是在京都郊外。虽然不能断言是在哪里，但从窗户向外看到的山景推测，大概就在这一带。

向其他入住者打听，大致也都是同样的回答。其中也有人说是东京郊外，还有人说是国外，但都是少数，估计是搞错了。

三郎记得自己曾经和员工要求过好几次，让自己出去，让自己回家。但平时直觉很准的他们，那时候什么反应都没有。

还有其他怪事。在三郎的记忆中，没有一个新入住的人。如果只是这样的话，可能只是因为他忘记了。但是完全没有入住者的家属来探望，这一点让人很费解。而且除了三郎，其他入住者对此都不觉得奇怪。

如果是故意封锁，那就涉及人权问题了。但即使找员工说这个问题，他们也没有任何反应。至于和入住者商量，也找不到解决的办法，只能放弃。

三郎有点烦躁。

这样的情况到底要持续多久？难道一辈子就这样了？

自己的寿命不知道还剩多长时间，但一想到余生都要被关在这里，三郎不禁从心底涌起厌恶。

然而就算想要逃离这种状况，又该怎么做才好？

三郎没有任何头绪，只能哗啦啦地翻起眼前的日记本。

他忽然看到了什么东西。

好像某一页上写了什么。当然，每一页都写了文字，不过那一页上写的东西有点不大一样。

虽然说不清哪里不一样，但总之就是不一样。

三郎一页页检查日记本。但是每一页看起来都没有写什么奇怪的东西。虽然文字深浅会有差异，但笔迹都是一样的。

是错觉吗？本以为有什么新的发现……

三郎又把日记本哗啦啦地翻了起来。

注意这条信息……

刚才那是什么？我正在翻动日记页，并没有停在哪一页上，为什么还能读到句子？

三郎冷静下来，又翻了一遍日记页。

每翻过一页，就会有文字跳进眼帘。每一页都有一个字，深浅和其他文字有些微妙的区别。当迅速翻页的时候，那些字看起来就像连续的句子。

就像小时候玩的翻页动画一样。而这些字是密码。

三郎想到这里，不禁有些兴奋。

不知道是谁写的密码。但既然写在我的日记本里，那肯定是写给我的密码。

三郎控制住自己的激动情绪，检查了一下门锁，拉上窗帘。房间里没有发现隐藏的摄像头，不过如果真有的话，应该也不会那么容易被发现。

他躺到床上，把日记本盖在脸上。以这个角度，只要床上没有摄像头，那就不会被拍到。从其他角度看，只是自己躺在床上读自己的日记本而已。

他又哗啦啦翻了一遍。

如果发现了这条消息，一定要小心行事，不要被发现。这里是监狱。到处都有逃跑的线索。搜集碎片。

就是这些。改变角度、调整翻页的速度，又试了好几次，也没发现更多的文字。

这是什么？这不等于是说，解开密码，发现写的就是“这是密码”？这是谁的恶作剧吗？

不对，不是这样。如果是密码，那么除了发送密码的人，别人都不会知道。密码系统就像哥伦布竖鸡蛋的问题。如果不知道这里有密码，那就找不到。而一旦发现了密码，那很容易就能解读。所以不可能写任何重要的内容。

既然这样，为什么要设置这个密码？明明只能提醒这里有密码。

对了！这正是对方想要告诉自己的事！“线索”“碎片”，恐怕是另一种密码。这里的意思是：“我不能把所有内容都写在这里，因为有可能被敌人发现。重要的事情写在其他密码里，找到它们。”

敌人？谁是敌人？

三郎又读了一遍密码文。那里并没有提到“敌人”。但既然在用密码写，那必定设想了“敌人”的存在。

如果这里是监狱，那么员工就是狱卒。密码制作者所设想的“敌人”，恐怕就是员工，或者是指挥这些员工的人。

小心行事。

如果员工是“敌人”，那么身边到处都是敌人。人多势众，无力抗衡。

不对，未必人多势众。员工数量最多只有二十几个。相对地，入住者估计超过一百人了。如果一齐反抗的话，就算都是老人，也能制服那些员工吧。

……真的吗？

别急。先分析情况，然后再制定策略。

有必要认为员工全都组织在一起。与此相反，入住者一方处于无组织的状态。告诉他们这里是监狱，把他们拉到自己的阵营，这需要一定的时间。也不能认为员工真的不懂日语。如果员工是“敌人”，那么很可能他们只是装作不懂日语而已。必须在员工不在场的时候悄悄说服入住者。

2

机构内部可以自由活动。痴呆症状严重的人，或者身体状况不允许其自由活动的人，都会有员工随时守护，不过三郎并不需要那样的护理。

当然，说是可以自由活动，但不能进入员工专用的区域，也不能到外面去。通往外部的大门似乎带有指纹识别之类的门锁。不过可以在中庭自由走动。

“那边那位，”三郎不知道每个员工的名字，只能这样喊，“我想看看外面，能让我出去吗？”

女性员工微微一笑，随后走开了。

“哎，你听不懂我的话吗？我要去外面。”

员工只是回过头再度微笑，走远了。

意料之中的结果。正面要求是行不通的。

三郎决定每天除了吃饭和洗澡，其他时间都坐电动轮椅去中庭散心。其实是寻找能出去的线索。

那东西就夹在三郎习惯坐的长椅木板缝隙里。看起来像是小小的朱红色顶针。没办法解释为什么这里会有这样的东西。这里是三郎自己的固定位置，所以除了他，别的入住者应该不会注意到。

这肯定是密码上写的碎片。

这是三郎的直觉。他看过附近，确认没有员工，把那东西捏了起来。顶针一共有六个。

全部套到手指上用吗？

三郎仔细检查顶针。由于老花眼，他看不清楚近处，不过这里到处都准备了读书用的放大镜。三郎总是会随身带一个。

乍一看，这些只是平淡无奇的顶针。但三郎注意到它们表面——相当于指腹的部分，有细微的旋涡图案。

是指纹。

三郎把六个顶针放在口袋里，尽量不弄脏。然后他若无其事地回到大厅。只要坐在大厅尽头的沙发上，就能监视出入口。所以他一直等到出入口附近都没人了，才走到门边。

大门的开关可能都有记录，也可能有监控摄像头在拍摄。不过三郎猜想，只要没有发生什么事情，一般也不会去看记录。他决定尝试一下。就算警报响了，情况大概也不会更糟。对自己的监控可能多少会更严密些，到时候再等风头过去就是了。

三郎看到过员工把食指贴在门边的面板上，于是他给自己的手指套上顶针，贴在面板上。

他闭上眼睛，已经做好了警报声响起的心理准备。但并没有响。反而是大门无声无息地打开了。

三郎毫不犹豫地启动电动轮椅，驶了出去。门在背后关上了。对于自动门来说这是理所当然的反应，但还是吓了三郎一跳。

地面没有铺沥青，但还算平整。坐轮椅好像没问题。

机构周边的状况和中庭差不多，不过几十米之外就是森林。三郎从窗户里看到过，知道建筑外面有森林，但从来没想到自己会进去。

该不该进森林？穿过森林，逃进城里，找到人揭发这个机构的情况，一切就都可以结束了吗？但是在这片森林里，朝哪个方向走才能走到城里？三郎完全没有这方面的知识。弄不好自己会在森林里迷路遇难。如果身上有手机，还能求助，可是自己身上当然没有那种东西。

也许不该贸然闯进森林，而是先调查机构周围的情况才对。但如果在机构周围逡巡，有可能被员工发现。现在这样可能是千载难逢的机会。

三郎舔了舔嘴唇，下了决心。

往森林里走一点看看。说不定走上一百米就能看到另一幢建筑，或者开阔的道路。如果走了一百米还是什么都没看到，那再回来。

三郎启动了电动轮椅。

森林里很暗，但树木的密度似乎并没有太高，坐轮椅也能勉强前进。

好了，还有三十米。

突然，轮椅停止了。

怎么了？故障了？

三郎重新开了好几次开关，然而没有反应。

这可不妙。要是困在这里，迟早会被员工发现。

三郎随手把开关切换到后退状态。

轮椅开始后退，就像什么故障都没有似的。倒退十米左右再切换回前进，轮椅又开始往前走，也能控制方向。

啊，太好了，看来只是暂时的故障。

三郎又朝着森林里前进。

但在离森林三米远的地方，轮椅停止了。

这回三郎没有慌乱，他切换成后退。

轮椅动了。

啊，原来如此。

三郎操控了半晌轮椅，发现只要靠近到森林的三米以内，马达就会停止转动。

也就是说，这好像是个安全装置。万一入住者坐电动轮椅去了外面，也不能进入森林。当然，步行还是可以进去的，不过三郎不确定自己能不能坚持走出一百米。如果半路走不动了，那就只能向员工求助。有人来救自己还好，如果没人注意到自己，那自己肯定会死在森林里。

如果认为重要的不是结果而是及时付诸行动的话，现在这样也许可以满足了。但既然已经活了一百岁，对生命也就没多少留恋了。好不容易接近了这座设施的秘密，总想在死前揭开它的全貌。

而且三郎还有一个很大的优势，那就是“协助者”的存在。至少他或者她瞒过了员工们，和自己取得了联系。虽然那是一种非常奇怪的方法，但在“协助者”的帮助下，三郎成功地逃出了这所机构的建筑。而且他还让自己发现了这辆轮椅不能进入森林的设置。很难想象“协助者”不知道轮椅的设置。他帮自己逃出建筑，是为了让自己发现轮椅的设置。这样的想法更加自然。既然如此，下一步必须要做的就是找到进入森林的方法。

三郎操控电动轮椅回到机构的建筑中。他用的顶针和出来时用的一样。如果换另一个顶针上的指纹，就有可能破坏外出者和返回者的一致性，导致管理大门的程序发现异常。

总之，需要制定下一阶段的策略。

三郎朝房间驶去。

他想把这次获得的知识记录下来，但不能草率行事。为了防止员工察觉，重要的事情只能记在脑子里。他对自己的记忆力有些担心，但应该还是可以做到的。而且“协助者”肯定也会帮忙。别担心。

三郎意识到自己非常兴奋。

3

距离外出冒险的行动过去了两天，没有发生什么特别的事情。

三郎担心员工们突然闯进自己的房间，甚至严刑拷打自己，不过并没有那样的事情发生，完全和平时一样。

这有两种可能。

第一种是，正如表现出来的一样，员工们没有发现上次的事，虽然这简直是不可能有的幸运。不过也许他们根本没有想到过这里的入住者还有可能逃走。而且就算万一发生了这种事，也会有防止逃脱的安全装置，比如轮椅上的那种。也许对于可以徒步行走的人，也存在某种安全装置。人总是喜欢轻松自然。每天都要绷紧神经关注极不可能发生的事情，那并不轻松。不去关注那些可能性极低的危险，工作才会变得容易。

第二种是，员工们发现了，但装作没发现。为什么要装作没发现？这又有几种可能。

1）即使老人逃离了建筑，也不能怎么样。老家伙哪里都去不了，所以无所谓，不用管。

2）这家伙怎么找到办法逃出去的？总应该有什么原因。先观察一阵再说。

3）这家伙好像有人协助。先放他闹腾一阵，把“协助者”钓出来。

员工们到底是不是发现了，或者发现之后因为什么装作没发现，三郎无从判断。

但是想再多也不会有结论。如果没发现的话，那就应该考虑下一项计划。就算这是他们欲擒故纵，自己也只有考虑下一步。制订计划也许没用，但如果不制订计划，事情就根本不会有转机。

好吧，要逃出去的话，是自己一个人行动，还是找人一起行动？

如果找同伴，被员工发现的可能性就会增大。但也有俗话说，“三个臭皮匠，赛过诸葛亮”。有了同伴，应该可以获得解决问题的助力。

三郎犹豫了半晌，决定还是寻找同伴一同逃走。

他走遍大厅和中庭，观察入住者的情况。

必备条件是精神状态好，身体能做某种程度的自由活动，视力和听力不至于极端衰弱，可以对话，性格灵活，不讨厌三郎，好奇心强，没有可疑的言行。

好奇心好像和脱逃没什么关系，但如果没有好奇心，首先就不会有逃跑的动力吧。

最坏的情况是，自己接触的是敌人的内应。虽然并不知道有没有内应，但还是小心为妙。

三郎花了一周时间，确定了十个候选人。又用了一周，将候选人缩减到两个人。

人不是越多越好。先从可以信任的少数人开始。

4

第一个候补者是个快乐的老妇人，她是老人们的中心，总是在做各种组织活动。三郎推测她可能在某处养老机构工作过，对待老人们非常拿手，看起来简直像个员工。

“艾丽莎女士。”三郎大胆地叫了一声。

“我在，怎么了？”艾丽莎露出文雅的微笑。她的腿多少有些不便的样子，在自己房间和大厅之间来往的时候会坐轮椅，不过日常行走似乎没有多大问题。“哎呀，您是哪位？我最近记性不大好……”

三郎先报了自己的名字。

“这是我第一次和您说话，您当然不知道我的名字。我也是听到您和其他人交谈，才知道您的名字。”

“哦，这样啊。”

艾丽莎对三郎的言行似乎没有特别的怀疑。第一印象看来没有那么糟。当然，很少有人刚一见面就表示出厌恶感。如果真有那样的反应，当然不能再接触下去。

好，进入下一阶段。要不要单刀直入切入正题？还是先花点时间建立关系？

不知道自己剩下的时间还有多少，也不知道逃跑计划需要花费多长时间。如果可以的话，三郎很想迅速推进对话。但是刚刚认识的人，如果突然说起不着边际的话，可能只会引发对方的戒心。如果她就此和自己保持距离也就罢了，怕的是最坏情况下向员工举报。当然，员工表面上看起来听不懂日语，但实际上他们应该能听懂。如果他们知道了三郎的打算，逃跑计划大概就彻底没希望了。

“您在这里住了多久？”三郎从闲聊开始。

“这个……现在我报不出准确的年份，如果需要正确的数字，我可以回房间查一查，应该写在什么文件上吧……”

“不不，不用那么准确，大体上差不多就行了。”

“是吗……我记不太清了，不过大概两三年了吧。”

“您知道我吗？”

“我不知道您的名字，不过您的长相我记得。”

“您在入住进来的时候，我就已经在了？”

“您的意思是？”

“啊，没什么意思，就是最近记性越来越差，我有点怀疑自己记得对不对，所以想和大家聊聊天，对比一下自己的记忆。”

“……我对自己的记性也不太确定。而且说起来不好意思，住进来的当时我还没见过您，估计也不会记得。所以很抱歉，我回答不了您的问题，没办法说您在这里住了多久。”艾丽莎一脸伤感。

“不不，对不起，是我说的不大合适。我不是要做一个严肃的对话，仅仅是有点担心自己的记忆，想和别人聊聊而已。”

“年纪大了，难免会感到不安啊。”艾丽莎似乎毫不怀疑地接受了三郎的说法。

“好吧，过去的事情都过去了。接下来我们互相帮助，您看如何？”

“互相帮助？”

“我的意思是，修补记忆。如果允许我时常像这样和您聊天，那么我们可以互相对照彼此的记忆，在对话中也能确认相互的记忆。那样的话，记忆多少会变得清晰一点吧，我想。”

“您想让记忆清晰吗？”

这个问题让三郎怔了一下。他认为保持记忆清晰的愿望是不言自明的，因而不知道如何回答这个问题。

怎么回答才好？

“这个……如果给您添了麻烦，那我不会再打扰您……”

“我不是这个意思，”艾丽莎说，“我只是单纯想知道，保持记忆清晰是不是一种幸福。”

“您认为不是吗？”

“人不可能把一切都记得很清楚。换句话说，人类有这样的本领，能够忘记那些不用记住的事情，不是吗？”

“这样的想法也没错。不过，记得什么，忘记什么，自己可没办法决定啊。”

“其实可能就是自己决定的。”

“这是……”

不可能的。

三郎下意识地想反驳。

但是，真的不可能吗？如果想要抹去某段记忆，那么必须连抹去记忆的记忆也要一并抹去，否则没有意义。这样的话，要抹去的事实自然不会留在记忆里。

三郎有点混乱，决定从头整理一遍。

“如果您和我互相补充记忆，那么有些不能忘记的记忆也许就可以保留下来，不被忘记。但如果真的有什么必须忘记的事情，那么不管做什么都会忘记的。所以即使我们互相交谈，我想也不会有问题。”

“也许是吧，”艾丽莎想了想，“不过也可能不是。”

“关于记忆的话题，忘了也没关系。上了年纪的头脑，要考虑复杂的事情，实在太痛苦了。”三郎笑道，“我想说的是，如果不给您添麻烦的话，能不能允许我像这样时常找您聊聊。”

“当然，”艾丽莎说，“为防万一，我强调一下，刚才说的‘当然’不是说当然不行，而是说当然可以。”

从那天起，三郎便开始和艾丽莎聊天了。他时不时会对这个机构和员工的情况提出疑问，并且根据艾丽莎的反应，逐渐提升频率。

“说实话，我也不记得自己怎么来这里的。”某一天的傍晚，在中庭里沐浴着晚霞时，艾丽莎说。

两个人现在已经成为无话不谈的朋友了。

“你不觉得这很奇怪吗？这么重要的事情居然会忘？”

“那会是什么原因呢？”

“也许有人抹掉了我们的记忆。”

“那到底是为什么？”

“这是一所特殊的机构，但是有人不想让我们发现这一点。”

“哈哈哈，”艾丽莎笑了起来，“像是以前的少年电视剧啊。不过这里可不是超能力少年收容所，这里全都是老年人。”

“老年人未必不能特别啊。”

“但我们有什么特别的呢？大家都是普普通通的老年人。”

“但没办法解释为什么我们的记忆不清晰。”

“这真的很特别吗？”

“特别的吧……因为不让我们想起重要的事。”

“也许是因为那个呢。”

“那个是哪个？”

“说不定我们都是年轻人，包括你。”

“哎，哪有这种事。一把年纪了，说点正经的。”

“说什么记得所有重要的事情，说不定都是你的一厢情愿。你能断言不是吗？”

“可是重要的事情都能忘记，这不是很奇怪吗？”

“那说的是年轻人。我们啊，太老了。所以再怎么重要的事，也是可以忘记的啊。”

“‘可以忘记’，这说法可真乐观。”

“就算记得重要的事情，如果没有任何好处，那还不如忘记了好。”

“可是那也不可能忘记住进来的原因。”

艾丽莎想了一会儿才说：“就算那原因让人很难接受，也不会忘吗？”

三郎有点吃惊。他从来没想过自己住进来的原因可能很难让人接受。也许是因为孩子们厌倦了照顾自己，强行把自己塞进来的。但就算是这样，自己也不会觉得不能接受，更不会怨恨孩子们。

但如果……

三郎换了个想法。

为什么我不想住进养老院？

突然，他想到了一点。

如果这里是监狱，或者是类似监狱的地方呢？换句话说，这里收容的老人，都是触犯了某些法律的老人，那么也许是作为刑罚的一环，或者对于我们这些已经不适合判刑的人，准备了这样的收容所？

当然，关于这一点很快就想到了反证。但一旦生出了不信任感，可能就再也无法打消了。

"就算是难以接受的事，"三郎顿了顿，"就算我们的过去真有什么令人后悔的事……不，如果真有的话，那更应该把它暴露在光天化日底下。"

"你很有勇气。"

"这和勇气不太一样，倒更像是好奇心……"三郎闭上了嘴。一名女性员工向他们走来。

"怎么突然不说话了？"艾丽莎似乎没注意到员工的靠近。

"难不成，你认为我们是做了什么坏事，才被安置在这里的？这里的员工都是看守？"

如果员工能够理解日语，以她现在的距离肯定听得清清楚楚。

三郎非常紧张，心都要跳出胸口了。

不，没事的。刚才说的话没有涉及核心内容。我还没告诉她逃跑计划，不用担心。

员工用未知的语言和他们说话。

艾丽莎好像也注意到了员工，但她并没有慌张，而是露出笑容。“这位小姐，找我们有什么事？”

员工的视线在三郎和艾丽莎间交替，然后似乎很开心地说了些什么，随后又走开了。

“刚才是怎么回事？”三郎紧绷的神经松弛下来，感觉浑身没了力气。如果不是坐在轮椅上，而是站着的话，肯定会当场瘫倒。

“哎呀，你不明白吗？她在说，‘你们关系真好，真羡慕你们’。”

“就是闲聊？”

“嗯，是啊。”

“很叫人吃惊。”

“员工们也会开玩笑的。”

“不，不是说那个，我吃惊的是，你能理解他们的话。”

“理解他们的话？没有啊，我听不懂。”

“可是你刚才不是翻译了她的话吗？”

“刚才不是我听懂的，是从她的语气和动作上推测的。”

“你说的只是推测，没有确切的证据？”

“是啊，不过我想大概没错。”

“我也觉得大概没错，但是我不知道该不该相信直觉……”

“可别小看直觉。它只是不能用语言进行逻辑性的解释，但大脑里都做了计算。”

“可是如果无法用语言解释，那么要验证是不是真的正……”三郎突然停住了。

“怎么了？”艾丽莎环顾四周。

“有人看着我们。”

“周围没有员工啊。”

“不是员工。是其他的……”

“其他的什么？”

阴影笼罩了两人。但周围一个人也没有。

在上面！

三郎抬头的瞬间，影子掠了过去。那动作太快，以三郎的动态视觉，无法捕捉到那个身影。

艾丽莎也抬头望天。

已经什么都没有了。

“怎么了？”

“刚才有什么东西在我们上面。”

“你是说有片云飘过去了？”

“不，更低的位置。”

“那，肯定是无人机。”

无人机。很久没有听到这个词了。对，确实存在那样的机器。

“你在这个机构里看到过无人机？”

“没有。不过有无人机飞过也不奇怪吧。”

“为什么要放那样的东西飞？”

“唔，检查屋顶情况什么的？大概需要维修吧。”

那肯定不是无人机。至少不是自己知道的无人机。

他全身都是冷汗。

那是具有意识的东西。而且是在监视我们。

不过，现在没必要把这一点告诉艾丽莎。

“嗯，大概是吧。”

刚才那个未必是敌人。

三郎对自己说。

要监视自己，更合理的办法是派员工来监视。这样想来，那个说不定是“协助者”，要来告诉自己某些事情。

“怎么了？你满头是汗。”艾丽莎担心地说。

三郎默默擦去汗水。

他不停冒汗，却感觉寒气逼人。

5

三郎关注的下一个潜在同伴，是在书架前遇到的男性。他看起来腰腿相当结实，从轮椅上站起来也没用拐杖，就站在那里找书。

那天晚饭后他还抱着五本书，而且好像还在看书。

三郎之所以想拉他入伙，是因为感觉到他具有旺盛的好奇心，以及积极享受人生的意愿。

“您喜欢看书？”三郎搭话道。

那人刚拿了第六本书，沉默了一会儿，挑起半边眉毛说：“我从来没有想过这个问题。不过您这么一问，我想我可能确实喜欢看书吧。”

“我想您肯定喜欢。在这里随时都能看书，但您还是特意要拿六本书回自己房间。只有喜欢看书的人才会这么做。”

“不，六本不够。”

“您是说，现在回到房间，到明天早饭为止，您会读超过七本书？”

“不不，那个我也做不到。不过一直读同一本书感觉挺无聊的，所以我习惯同时看好几本书。”

“这样不会混乱吗？”

“十本左右的话，没什么问题。”男子又挑起了半边眉毛。

总觉得有点像史波克。[1]

三郎想起科幻电视剧里的角色。

如果拥有和那位史波克一样的能力，逃跑的时候肯定会很有用处。当然，那属于期望值太高。

“您会不会忘记自己读过的书？”

“忘记自己读过的书？”男子摸着下巴想了想，“您是说，不能逐字逐句记住所有的内容？”

“当然不是那个意思。我指的是，不记得自己到底有没有读过某本书。”

“您会这样？”

“不好意思，是的。”

“这没有什么不好意思的。厉害的读者一天能读几十

---

1 《星际迷航》系列影视剧的主角之一。

本书，这样的事情也正常吧。”

“不不，我最多只能读两三本。通常情况大概一本都勉强吧。”

“哦，”男子又摸起下巴，然后上下打量三郎，“这么说来，可能是年龄导致的记忆力衰退。您多大了？”

“我想大概有一百岁了吧。”

“难怪了。连自己的年龄都不清楚，很可能说明记忆力更加衰退了。”

这人看起来头脑非常清晰，没有记忆模糊的情况。

“对了，您还记得自己入住这里的经过吗？”

“入住这里的经过……”男子又摸了摸下巴，“……这问题很有趣。”

“怎么了？”

“记不清了。我记得办过很多烦琐的手续，但具体的情况想不起来了。”

“哎呀，您和我一样啊。”

“真有趣。”

“什么意思？”

“我的记忆。为什么只有特定的记忆消失了？”

“大概是年龄的关系吧。您自己刚才不是也说过吗？”

“如果是年龄导致的记忆力减退，那么越是以前的记忆越会清晰，越是晚近的记忆越会模糊。”

“这也因人而异吧？”

“确实因人而异。但我并没有感觉到自己的记忆力有问题。然而唯有某一段特定时期的记忆变模糊了。这太不自然了。”

“您知道原因吗？”

“不知道。要弄清原因，信息不够。”

“您想弄清原因吗？”

“嗯，”男子又陷入沉思，“这个话题确实很有意思，不过……”

“要弄清原因，会有什么问题吗？”

“我在想，这种记忆障碍是否有可能是人为造成的。如果是的话，那么做出这种处理的人，或者组织，可能不会眼睁睁看着我们探索这个问题。”

非常敏锐的洞察力。仅仅几分钟的对话，便深入思考到这个地步。这是三郎依靠“协助者”的暗号才逐渐弄清的情况。

无论如何，一定要把这个人拉进来。

“您不想让那些消除他者记忆的人大吃一惊吗？”

“您的意思是，对抗那个人，或者那个组织？”

“从结果上说，就是那样。”

就算说不是那样，这人大概也不会相信。

“原来如此，很有意思。”男子挑起半边眉毛，“我们处于绝对劣势。对方恐怕掌握着我们的全部信息，而我们对他或者他们的信息一无所知。而且我们可能一直受到监视。有可能这里的员工全都是敌人的手下。这种可能性很高。如果我们的计划被敌人察觉，对方有可能马上就会采取措施，隔离我们，或者把我们转移到其他地方去。”

“对，这可能是个危险的尝试。不能强求没兴趣的人加入……”

“我同意。这事情非常刺激。”男子伸出手，“我叫多克，您呢？”

“我叫三郎。”

“我现在想做自我介绍的时候才意识到，我也不能确定自己的年龄。让人忘记自己的年龄，这绝对是侵犯人权。”

“您大约多大年纪？”

“可能和您差不多吧。”

“那么，我们的队伍就叫百战队如何？”三郎紧紧握住多克的手。

6

三郎在大厅的角落里奋战。他想把电动轮椅的操控面板拆下来，但好像没那么容易。他担心如果自己花的时间太长，说不定会被员工发现。

“怎么了？”背后突然响起一个女人的声音。

三郎以为终于被员工发现了，但随即意识到员工不可能用日语问他。

他小心翼翼地回过头一看，只见是一位女性入住者饶有兴趣地看着自己。她和艾丽莎不同，没有那么高雅的感觉，不如说就是那种可以随意搭讪的类型。她的眼睛里闪烁着淘气的光芒，就像快到青春期的少女一样。

“那个……”三郎不知道该说多少实话，“我想把轮椅的操控面板拆下来。”

“不好用？”

“怎么说呢……”

确实不好用。当我想要进入森林的时候，它就会停下来。但是不行，现在不能一下子就说起这种关键的话题。

“我想知道它的工作原理。”

“我觉得原理没有那么复杂。大概就是给马达通电而已。不过里面可能还装了逆变器，方便调节速度。”

“你对电子很熟悉？”

“一般般吧。做过那方面的研究，上学的时候。”

三郎忽然想请这位女士帮忙。

“能把里面打开吗？”

“能打开，”女子只看了一眼，“不过，如果开得不好，弄出故障，那就麻烦了。”

“那么容易坏吗？”

“看情况。有些东西的设计就是让用户不能随便打开，因为一旦打开，里面被弄乱了，搞起来很麻烦，所以有些东西必须使用特殊的工具，不然就会坏掉。”

“这个也是吗？”

“应该不至于那么复杂。但如果随意拆开，厂家可能就不给保修了。”

“有没有保修，和我们也没关系吧？”

“但是这里的入住费用可能会提高。”

“我不记得自己付过什么费用。你付过吗？”

“没有直接付。大概是从银行自动扣款的吧。”

“扣谁的账户？”

“那我可不知道。可能是我的，要么是我女儿的。”

原来如此。这位女士也不知道这些事情。

“坏了的话，我会赔偿的，”随后三郎又压低声音说，“但请尽量不要让这里的员工发现。当然，万一发现了，我会负责的。”

“你等一下。”女子从口袋里拿出一个小小的螺丝刀。

“这种东西你都随身带？”

“随身带着很方便，”女子用了几秒钟便拆下了面板，“果然，和我想的一样，结构很简单。所需的零件都在这块电路板上。……嗯？”

“怎么了？”

“里面有贴片天线。”

“什么意思？”

“要么接收信号，要么发送信号，要么都有。”

啊，果不其然。

三郎明白了。

“能让这个失效吗？”

“如果只是不想让它工作，只要把天线从电路上拆下来就行了，这很简单。不过这样真的合适吗？”

“什么意思？”

“因为轮椅不会再发送信号，那么通讯的另一方可能就会意识到，有人动了电路。”

“哦，那样可能会有麻烦。”

“你为什么想把天线拆了？”

“你看，这轮椅有时候会出现和我意志相反的动作，我想避免这个。”

女子想了一会儿，轻轻吹了一声口哨。“喂喂喂！你不会在策划叛乱吧?！”

“你这是怎么说的？”

三郎的大脑全速运转。

一定要想办法掩饰过去……

“这个电动轮椅是这个机构的财产。那么安装这个天线和电路的，就是机构一方。没错吧？”女子说。

“不好断言，不过大概是吧。”

“你说，这轮椅有时候会出现和你意志相反的动作，但实际上情况刚好相反吧？我的意思是，这个天线和电路，是为了避免你的行为违反机构的意志，才加上去的。”

“唔，大概是吧。”

“你想把它拆掉，这就是说，你想做出违反机构意志的行为。而且还要偷偷做。也就是说，你正在策划某种对机构的叛乱。”

很遗憾，看来不能误导这位女士了。不过这也许也是好事。

“我并不想对机构造成损害。只是控制不住自己的好奇心。”

女子又把手伸进口袋，拿出一个小小的测试仪。

“这种东西你都随身带？”

“随身带着很方便，”女子把测试仪的端口接到两三个地方，“行了。”

“什么？”

“误导电路。把天线的输入信号导入虚拟电路，就能让接收的信号无效。不过轮椅的输出信号还是会原样输出。”

“这样会导致通信失败，所以还是有可能暴露。”

“前提是通信对象是人。不过我认为通信对象不会是人。”

“什么意思？”

“机器太简单了，不适合做复杂的工作。也就是说，通信对象很可能也是简单的机器。”

“或者也可能是临时工。”

“也可能吧。不过如果是临时工的话，机器就算出点问题，也不会深究吧。”

还真是个不较真的老太太。不过这种豁达和决断的速度也可能是难以舍弃的才能。对电子和机器也很熟。

“那么，可以拜托你帮忙改造吗？”

女子从口袋里拿出烙铁和小零件。

“这种东西你都随身带？”

“随身带着很方便。”

改造只用了十秒左右。

“以后也能来找你商量吗？你可以管我叫三郎。”

“好啊。你可以叫我米琪。”

两个人握了握手。

7

三郎开始频繁地和三个伙伴交谈，有时甚至不是一对一交谈，而是三个人、四个人交谈。谈话的内容要么是闲聊，要么是聊以前的事，比如小说、漫画、电影、电视剧，还有上新闻的大案等等。虽然聊的都是这些，但慢慢地三郎也开始对这个机构本身提出疑问，也会提及他们记忆的奇怪之处。

对这些最关心的要属多克。不过他本身沉默寡言，不会积极表达自身的意见，所以除了三郎，其他人可能会觉得他不感兴趣。

艾丽莎对三郎的疑问持怀疑态度。

一旦沉迷于阴谋论，就会误以为一切都可以用阴谋来解释。她认为，为了维持平静的生活，不应该做一些离奇的假设。

至于米琪，她显然觉得这些都无所谓。不过当三郎提出要逃离机构的时候，她的眼神明显变了。好像她并不关心到底有没有阴谋，但对于破解诸多防逃脱系统很有兴趣。

“我们确实都不记得来这里的经过，这好像是有点奇怪，不过考虑到我们年纪都这么大了，这种事也不能说绝对不可能吧？”艾丽莎说。

“员工不能说日语呢？”三郎坚持道。

“那是为了缩减经费？而且员工不能说日语，和阴谋有什么关系？”

“如果会说日语，那么我们这些入住者，肯定会和他们说话，对吧？”

“说话又怎么了？”

“他们不想让我们问这里是什么机构，为什么把我们关在这里。因为如果说的多了，其中必然会有破绽。”

“这些全都是你的推测。你没有任何实际证据。”

“不是没有。就是这个轮椅。米琪，你看过里面，和大家解释下里面有特殊的电路。”

“哦，”米琪一脸为难，“唔，是有个奇怪的电路，不过我觉得也不能说特殊。”

“如果轮椅要离开某个区域，马达就会自动关闭。”三郎解释道。

“顺便提一句，我检查过了，所有人的轮椅，包括我的，都有同样的设置。”米琪补充说。

“关于这一点，”多克自言自语般地说，“也没那么奇怪。考虑到机构的性质。”

“你知道这里是什么性质的机构？”

“姑且可以假设它是一所养老院。看起来是这样。或者说，看起来不像其他机构。”

“表面上如此。”

“如果入住者摇摇晃晃走出去，那对机构来说并不是好事。特别是需要轮椅的人，如果走到外面遇上事故，那就难办了。”

“逻辑上说得通。”

“既然逻辑上说得通，这就不能算是阴谋的证据。”

“你也赞同阴谋论吧？”

“嗯，但是仅凭推测可不能推动事情。我们首先需要的是找到证据证明确实存在阴谋。”

这可不妙。

三郎并不认为自己能轻易说服大家，但连最理解自己的多克，都持有怀疑态度。

没办法了。

“好吧，你们到我的房间来，我给你们看证据。”

所有人都进入三郎的房间后，三郎首先对米琪耳语。“你能搞清楚这个房间里有没有隐藏的摄像头吗？”

米琪从口袋里掏出一个类似收音机的东西，把上面接的耳机塞到耳朵里，然后拨了拨转盘。“没问题。没有隐藏的摄像头，也没有窃听器。”

“最新式的超高科技摄像头也能找到？”

“这可说不准，”米琪耸了耸肩，“不过要是有那么厉害的摄像头，我们的行动估计早就暴露了。太疑神疑鬼的话，什么事情都做不了。”

三郎点点头。

米琪说得没错。如果要追求绝对的安全，那永远都做不了任何事。

三郎拉开抽屉，取出日记本。“这就是证据。”

三郎让大家哗啦啦翻动日记本。

三个人各自都读到了日记本上的暗号。

“这下不怀疑了吧？”

艾丽莎叹了一口气。“你真认为这是某种证据？”

“这是我的日记本，所以我认为这是‘协助者’给我的消息，有什么不对吗？”

“从理解的角度想，”多克说，“自己的日记中嵌入了自己不知道的信息，当然会认为那是某人发给自己的秘密消息。”

“多克，我就知道你会理解我。”

“但这只是针对你说的。”

“什么意思？”

“那条消息不是你写的，这一点不言自明。但所谓的‘不言自明’，只是对你而言的。”

“对你们来说，不是不言自明？”

多克点点头。“那条消息有可能是你自己写的。”

“你是说我在撒谎？”三郎目瞪口呆。他本以为他们都会相信自己。

“我不是那个意思。我只是说，只有对你而言，那个暗号才是‘协助者’存在的证据，但对我们来说，它不是证据，它什么都不是。”

“这不是一样吗?！”三郎不禁提高了嗓门。

“冷静点，”米琪说，“没人认为你在撒谎。但是这本日记本不能成为证据。仅此而已。”

没错，说的确实没错。

三郎闭上眼睛，做了两三次深呼吸。

这三个人认为我完全陷入了妄想。仔细想来，我说的这些事情，他们当然不会相信。

事到如今，他对“协助者”藏入暗号的巧妙技法十分敬畏。他本来一直担心暗号被其他人发现，但就算发现了，也只会认为是他自己写的。可以说是非常完美的暗号。

但是，这种巧妙反而成了障碍。没有任何证据能够证明“协助者”的存在了。

“我知道了，现在我放弃证明‘协助者’的存在。”三郎说。

“是啊，应该先从面对自己开始。”艾丽莎像是松了一口气。

“对不起，我不想再花更多的时间说服你们了。”

“恰恰相反，是我们在说服你。”

“那，就当作说服的一环吧。玩个游戏如何？”

“什么游戏？”

“逃脱游戏。”

“从哪儿逃脱？”

“从这个机构逃脱的游戏。”

“玩这种假想的游戏啊。”

“不是假想，是真的逃脱。你们可以‘假装’认为我说的对。如果真的成功逃脱了，自然可以证明我说的对了。”

“如果逃出去还是什么都没有呢？可能会发现这只是一间设在乡间的养老院。”

“那样也没关系，我也不会再怀有妄想了。其他两位的意见呢？”

“我保留意见，”米琪说，“我可不想做些奇怪的事情被员工盯上。如果随身携带的小工具都被没收，我就失去了生活的意义。”

“既然这样，那么你不参加也没关系，虽然很遗憾。”三郎没有掩饰自己的失望。他从没想过这种时候竟然会有人退出。

多克摸着下巴沉思。

喂，连你都害怕了吗?

“你也害怕失去什么吗？”

“害怕失去？你在说什么？”多克面无表情地说。

“通常情况下，在这种时候你都是当场回答的，不是吗？现在没有当场回答，不是说明你在退缩吗？”

“不是在退缩。因为你的提议本来就是不可能的。很难推测你的真实意图。”

“为什么说我的提议不可能？”

“我们不能玩这种逃脱游戏。”

“能的。”

“不能。因为这里不是逃脱游戏的会场。这里是养老院，入住者不能外出，所以逃脱计划本来就无法执行。证明完毕。”

“不，可以离开这栋建筑。至少我成功过。”

“冷静点，好好想想，”艾丽莎说，“会不会只是你以为自己成功过？”

三郎更加失望了。

看来艾丽莎完全不相信自己。也许她认为自己的老年痴呆发作了，所以迁就自己罢了。

听到艾丽莎的话，米琪似乎也对我露出了怀疑的眼神。只有多克还保持冷静，但他到底是真的相信我，还是仅仅在看笑话，我愈发不能确定了。

“总之我们先出去，然后再说别的。”

“我们出不去。通往外面的大门是锁着的。只有通过指纹识别才能打开。我们的指纹当然没有登记进去。”

“可以用这个，”三郎从口袋里掏出顶针，“这里有六个，大家都能用。”

三个人看着三郎，目瞪口呆。

“这是什么？”艾丽莎问。

“带有指纹的顶针。每个都有不同的指纹，一起用的话，应该可以从这里出去。”

米琪一把抓住其中一个顶针。

“啊——”三郎都来不及反应。

米琪从口袋里掏出放大镜，开始观察顶针。

“能用吗？”多克问。

“做工很完美。如果这个指纹登记过，应该能用。不过我不知道这个指纹有没有登记。”

“至少有一个有效。”

三个人又望向三郎。

“怎么了？一直盯着我看。”

“你出去过？”

“刚才我不是说过吗？”

“这东西很容易做吗？”艾丽莎问米琪。

“不容易。首先外行就不行。以我的技术，在机构里搞这样一个东西大概也行，但要弄到指纹就很难。”

大家都沉默了，好像各自都在想什么。

“我说了什么不合适的话吗？”三郎实在受不了沉默的气氛，开口说。

“这东西……不就是存在‘协助者’的证据吗？”多克沉沉地说。

“啊！”三郎啪地拍了一下手掌。

“不见得吧？”艾丽莎说，“说不定三郎先生是一位优秀的技术人员，做这个东西是为了逗我们开心。或者三郎先生和米琪女士是一伙的。”

“开这种玩笑太费劲了。说到底，如果要说服我们，有的是办法，不需要搞这么复杂，”多克说，“而且如果他和米琪是一伙的，那从一开始就不该让我们认识米琪，那样更容易骗过我们。把她拉进来说话，反而不自然。”

“说不定他算到你会这么想。”

“这样的话，三郎就是超级天才。如果真是那样，那么违抗他就意味着毁灭。我觉得还是乖乖听话的好。顺便说一句，你真的认为三郎是超级天才吗？”

“没有。三郎先生确实很聪明，有时候也笨得可爱，但还不算是天才。”

“你这是在夸我，还是在损我？”三郎瞪大了眼睛。

“你当成是夸你就行了，”多克说，“这样对谁都没坏处。”

“那，现在怎么办？”米琪说。

“首先验证这些顶针的有效性。”多克挑起半边眉毛。

8

几个人出去，步行出去还是坐轮椅出去，关于这些问题，他们讨论了好几次。

起初三郎提议百战队的全体队员都出去。机会可能只有一次，错过这次机会，没有出去的队员可能就再也出不去了。

“不，那样风险太高，”多克反驳说，“四个人同时出去，被员工发现的可能性会大大增加。两个人出去比较合适。而且我们对外面一无所知，第一次估计不太能走很远。应该先对附近开展彻底的调查。”

“说是这么说，但如果这次的调查被敌人发现了怎么办？”

“是不是真有敌人，现在还不好说。”

“如果没有敌人，我们为什么会被关起来？”

“因为我们到了外面就是老疯子？”米琪半开玩笑地说。

“如果你们都不去，那我一个人去。”三郎宣布。

“一个人很危险，”多克说，“考虑到万一遇到什么情况，还是两个人好一点。”

“要处理突发情况，三个人比两个人好，有四个人更好。”

“说过多少次了，四个人同时出去，风险反而更高，以后就再没机会了。”

“……知道了。那就两个人出去。我算一个吧？”

“我想不出有什么积极的理由让你出去，不过也同样想不出有什么理由不让你出去。”多克谨慎地说。

“那到底让不让我出去？”

“如果你想去，我不会阻拦你。”

“谢谢。你们呢？”三郎问女人们。

“我也不会阻止。”米琪说。

“最好不要，”艾丽莎说，“不过就算我反对，你也想去吧。这样的话，我也不能强行阻止你。”

“那么确定另一个人选吧。志愿者请举手。”三郎说。

多克和艾丽莎举起手。

“米琪，你不想出去？”三郎问。

“如果你问我想不想出去，我当然想。但是我也不急着第一个出去。不管怎么说，我对轮椅的结构更有兴趣。我更想知道的是，自己的改装是不是有效。”

“你的改装可能无效？”三郎有点不安地问。

“我觉得应该有效，但是万事无绝对。”

“我也反对米琪参与这次侦察，”多克说，“她的才能没有别人能代替。”

“艾丽莎，你不是反对逃跑吗？”

“我是反对啊。如果可以的话，我希望大家都不要出去。但是既然你要走，那我也必须一起走，不然谁来阻止你失控呢？”

“失控？什么意思？”

“这次只是出去做侦察。但你的打算是看情况趁机逃走，对吧？”

这怎么说呢？连自己也不是很清楚。一开始的打算是，只要有机会就逃跑。但是现在有了这些伙伴，感觉自己不能抛下他们一个人逃跑。可能的话，最好大家一起走。所以自己的提议是所有人一起出去。但大家都不愿意的话……

“这次我也只是打算做侦察。”

“打算？”

“看情况，可能也会做出不同的选择。我不想限制自己的行动。”

“那么我就更要跟着你了。”

“多克，你也想参加？”

“如果可以的话。大概再也没有这么刺激的冒险了吧。”

“但是你刚才反对米琪参加，因为她拥有别人无法替代的才能。”

“这是合理的判断。”

“这样说来，你也不应该参加。你的洞察力很重要。”

“我不觉得自己的洞察力比你们三位更好。”

“不，确实更好。”

“我也同意三郎的看法。”米琪说。

“我也是。”艾丽莎说。

“唔，”多克摸了摸下巴，“假设这个印象是正确的。但即使是这样，我出去还是比较合理。我们不知道外面会发生什么。洞察力将会是最强大的武器，也是最强大的防御。”

“我认为，司令官不应该上前线。”三郎说。

“我是司令官？参谋和司令是不同的角色。我不是做司令的材料。”

“除了你，还有谁能做？”

“你啊。”

“我？我怎么行？”

“是你第一个意识到这家机构的奇怪之处。”

“你不是也意识到了吗？”

“那是因为你提醒了我。我自己一个人不可能产生这种想法。而且，把我们召集起来的也是你。你发现了每个人的才能，用最少的人数组成了逃脱小队。你这不是参谋，而是司令的资质。”

“纯属偶然。”

“而且最重要的是，‘协助者’和你接触过。”

“选择我也没有什么特别的原因。”

“不是这样的。把线索藏在你的日记和你所在的地方，这本身就说明‘协助者’对我们的行动很了解。而在此基础上，‘协助者’选择了你，说明他认为你是司令官的合适人选。”

“但司令官不是应该在后方待命吗？”

“那是你说的。”

“你怎么认为？”

“司令官在后方发布指令，是在率领大军的情况下。人数少的时候，司令官亲自出马，也是合理的。”

“最高责任者上一线，这是《星际迷航》的方式。虽然那里面的人数也不少。”说着，三郎看了看多克的表情，忽然笑了起来。他很像是《星际迷航》里的参谋史波克，这让三郎觉得很神奇。

米琪也跟着笑了。她好像也发现了。

多克奇怪地看着笑起来的两个人，挑起半边眉毛。

这下更像史波克了。

“好吧，那么暂定我来做队长，大家同意吗？”三郎说。

没有异议。

“关于侦察队的成员，我们再考虑考虑。先遣队和待命小组，也考虑一下各自的适合度。”

9

几天后，一脸严肃的米琪，来找正在享受饭后甜点的三郎。

“多克不见了。”米琪低声说。

“没有关在自己房间里？”

“我去看过多克的房间。”

“他总是锁着房门的吧？”

“我用这个开的。”米琪给三郎看了一眼口袋里的万能钥匙。

“啊，你确实能开门。到底发生了什么？”

员工走了过来。

“嘘！艾丽莎正在查。”

艾丽莎的沟通能力很强，又很擅长看穿人的心思。如果入住者中有人发现了什么异状，她也很快就会知道。

就在员工从两人旁边走过的时候，艾丽莎朝他们走过来。

“你知道多克在哪儿吗？”三郎迅速问。

艾丽莎摇摇头。

“有什么线索吗？”

“有两三个人看到多克在大门口附近徘徊。”

“是两个人还是三个人？”米琪插嘴道。

“有人可能只是单纯赞同而已。总不能一个个分开来问。”

“员工的动向呢？”

“看起来好像有点紧张。不过少了一个入住者，紧张大概也正常吧。”

“是哪种情况？”三郎说。

“什么哪种？”米琪问。

“是自己溜出去了，还是被带走了？”

“你想让我们来分析？这不是多克负责的吗？”

“但是多克不在了，这也没办法啊。”

“顶针你有六个？”艾丽莎问。

“手上只有五个。”

“多克拿走了一个？”

“可能。”

“可能？”

“我记不清了。”

“什么叫记不清了？顶针是你负责管理的吧？”米琪有点生气地说。

“我记得他让我给他看看顶针，但不记得有没有还给我了。”

“你想想清楚啊。”

“讲点道理，上百岁的人了，记性没那么好。”

“你确定自己交给多克了？”

“你这么一问，我也不敢确定了。大概是吧。”

“你这样不大合适吧？”米琪轻蔑地说。

“每个人都对自己的记忆缺乏信心，这也没办法，”艾丽莎说，“多克拿走了顶针。姑且这么假设吧。然后再想对策。”

“他拿走了顶针，也就是说他想一个人出去，”米琪说，“他不是说，需要两个人出去，不然会很危险吗？”

“他认为自己一个人也没问题吧？”三郎说，“他对自己相当有信心。”

“一定是因为你迟迟不出发，他等不及了。”

“也许是抑制不住自己的好奇心吧。”艾丽莎叹了一口气。

“那，到底是什么情况呢？”

“不是得出结论了吗？多克自己一个人出去了。”

“未必一定成功吧。”

“你的意思是，可能被他们发现了？那样的话，他为什么不回来？”

“也许是在某处接受调查。”

“不能否认这种可能性。”

“这样的话，他会不会供出我们？”米琪有些不安地说。

“那就不知道了。就算有调查，也不知道是来软的，还是直接拷打。”

“拷打?！”米琪显得很害怕。

“拷打老年人……”艾丽莎皱起眉头。

“这些都不好说，”三郎说，“我们完全不知道敌人是什么样的组织。”

“不管怎么说，一旦多克被捕，敌人就会提高警惕，对吧？”米琪说，“也许他们会改变系统，让我们出不去。”

“应该不会吧？改变系统可不是小事。偶尔有一次逃脱事件，应该没那么小题大做吧？”

“但是，如果发现了顶针，我们的顶针可能就没办法用了。”

“我觉得不至于。因为员工不知道谁的指纹被复制了。他们不至于关闭指纹认证系统，换用钥匙或者密码什么的。”

“为什么你这么肯定？”

“人总是懒惰的。能不变就不变，这是天性。”

“那你认为顶针还有效？”

“嗯，所以还是有可能逃出去的。”

“风险越来越高了。不管多克是成功了还是失败了。”

“这种程度的风险，我打算挑战一下。毕竟我们没什么可失去的了。”

但是第二天下午，情况骤变。

多克突然出现在书架前。

“吓了我一跳。到底发生了什么？”三郎脸上露出了笑容。

他还想拥抱多克，但很难从轮椅上站起来，所以还是坐着拍了拍他的手臂。

多克一言不发地盯着三郎，挑起半边眉毛。

“怎么了？为什么不说话，多克？”

也许有人威胁他不要和我们说话。或者是因为正处在监视中，不能和我们接触？

“多克？”多克挑起半边眉毛。

“啊，”三郎感到有些不安，“难道你忘记了自己的名字？”

“我的老朋友才会喊我‘多克’。”

“是啊，我们也不认为‘多克’是你的真名。”

多克摸了摸下巴。

“喂喂，你有什么好思考的？”

“你叫什么名字？”多克看着三郎的眼睛问。

喂喂，什么意思？你真的忘了吗？还是装成忘记了？

三郎看看周围。

员工不在附近。但不代表没人监视。而且三郎已经主动接触了多克。如果有人在监视，自己做什么都晚了。也就是说，没必要再掩饰了。

“我叫三郎。”

“你认识我？”

“嗯。”

“什么时候认识的？”

“我想我们很早以前就见过，不过真正认识大概有一个月吧。”

多克沉思了一会儿，喃喃自语。

“真有趣。”

“什么东西有趣？”

“我做了两个假设。第一，你有一种和我是朋友的幻觉。第二，我的记忆有问题。”

“你真的不记得我了？”

“你知道我的绰号。你还知道别的吗？”

三郎把自己知道的多克的私人信息，包括学历、家庭成员等等，尽可能都告诉了他。

“唔，真是太有趣了。”

“所以到底什么东西有趣啊？”

“你刚才说的那些我的个人信息，里面掺杂了虚假信息。”

“……不可能，”三郎很迷惑，“这是你告诉我的。”

“我把自己的个人信息告诉别人的时候，故意在里面混入了特定的虚假信息。”

“为什么这么做？”

“为了确定是谁泄露了我的个人信息。你刚才所说的信息中，包含了我本来打算在告诉你个人信息的时候计划混入的虚假信息。”

“什么意思？”

“第一项假说废弃，第二项假说保留。也就是说，我已经把自己的个人信息告诉你了，而这件事被我彻底忘了。”

“为什么会这样？”

“我可能患上了某种大脑疾病。不过我完全没有自觉症状。除了记忆缺失，你有没有发现我有什么异常的表现？”

“没有，和以前没有任何变化。”三郎摇摇头。

“虽然不能完全排除生病的可能性，不过还是暂且去掉它。这么一来，就会得出非常特别的结论。”

“什么结论？”

“我们，也就是包括你和我在内的几个人组成的团队，在和某个人或者某个组织为敌。而那个人或者那个组织，具有某种消除或者隐藏特定人员记忆的技术。”

“你果然很厉害。惊人的洞察力。那我就直说了，重新加入队伍……”

“我不会再和你说话了。”

“什么意思？”

“敌人具有相当强大的力量。必须谨慎行事。至少我已经被盯上了。你不应该再和我说话，这样只会增加情报泄露的风险。也许敌人能从我的记忆中提取信息。”

“那可能吗？”

“不知道。但既然有消除记忆的技术，拥有提取记忆的技术也不奇怪吧。”

“可是，没有你，谁来分析情报……”

“看，现在你就泄露了一条重要的情报。你的队伍里没有比我更好的情报分析师了吧？”

“那怎么办？”

“总之，你们和我分头调查吧。如果经过调查后认为相互接触没有问题，那时候再会合。”

“好吧。为了以防万一，重要的事情用暗号……”

“那更不好。暗号的规则不能预先确定。必须采用只有自己才能解开的暗号。”

只有自己才能解开的暗号？原来如此。

“明白了。那么等有发现的时候，我们再联系。”

多克挑起半边眉毛，默不作声地转过身，背对三郎走开了。

真是个了不起的家伙。

三郎打心底感到佩服。

10

多克失去了记忆，但正在以惊人的速度重新掌握情况。三郎想把这件事告诉艾丽莎和米琪，他在大厅里四处寻找，但只找到了米琪。

三郎和平时一样，笑眯眯地走向米琪。

她看起来很沮丧。

她是不是还没发现多克回来了？总之先把这个好消息告诉她。

三郎像平时一样，用低低的但并不显得不自然的声音说："多克回来了。"

"我知道。我看到你们在说话。"

"那你应该开心才对。"

"他没事吧？"

"嗯。原来的记忆没有了，但还是以前的多克。"

米琪叹了一口气。

"怎么了？失忆对多克不是什么大问题吧。"

“艾丽莎不见了。”

“哎？”

“昨天中午开始不见的。”

三郎糊涂了。“什么意思？”

“我正想问你。”

“艾丽莎反对逃跑。”

“是啊。”

“这样说来，她并没有逃出去，而是被他们抓走了？”

“说起来我们一直都被抓在这里，为什么还要再抓一次？”

“那么她还是一个人逃走了？”

“这也说不通。一个人逃跑的风险太高了。”

“多克不就是一个人逃跑了。”

“他说自己一个人逃跑了？”

“他没说……”

“多克一个人逃跑，也只是你的推测吧？”

“但是，不然还能怎么解释……”

“我们还是先老实一阵吧，”米琪胆怯地说，“我们可能触及了某些不能触及的地方……”

几天后，艾丽莎突然回来了。

发现她的是米琪。艾丽莎静静地坐在自己的房间里。

“你好呀。”米琪推开艾丽莎的房门说。

“你好。”艾丽莎微笑着回答。

双方都没再说话，就这么过了十几秒。

“这个……我是米琪。”

“很高兴认识你，米琪女士。我是艾丽莎。”艾丽莎非常自然地回答。

米琪感觉到轻微的眩晕和绝望。

“我们以前是朋友。”米琪努力装出平静的样子。

艾丽莎沉思了一会儿才说：“很抱歉，最近我很容易忘事，就连朋友的相貌都记不清了。”

“……啊，到了我们这个年纪，经常会忘记朋友的相貌和名字。”米琪微笑着说。

“所以你什么都没说就回来了？”三郎目瞪口呆，“你应该给她一点提示，让她能意识到自己身上发生了什么。就像我对多克说的那样。”

“对不起，我没那个能力……而且我也不知道那么做对不对。”

"当然对。艾丽莎是我们的同志。"

"你是说，再一次把她卷进麻烦里来？"

"麻烦？"

"想要离开这里的是你吧？我们不都是被你卷进来的吗？"

"……你们是这么想的啊，"三郎非常失落，"大家都不想和我来往吗？这么说来，确实是我给大家添麻烦了。"

"对不起，我说得过分了，"米琪有些后悔，"我们是自愿和你交往的，不是被卷进来的。"

"不用安慰我。你刚才终于说了真心话。"

"不，我那是随口说的。我不讨厌你，只是……"

"只是……？"

"艾丽莎对聊天很积极，但对逃跑计划没有兴趣。我不知道该不该再把她卷进来。"

"……"

"我觉得我们已经踏入了危险的领域。如果什么都不做的话，肯定还能像以往那样过着平稳的养老生活。"

"也就是说，我们的逃脱游戏结束了。"三郎低声说。

"并没有彻底结束。只是先冷处理一段时间。"

"冷处理？在等待冷处理的时候，我们都越来越老。

最终我们会把逃脱计划和一切都忘了。”

“三郎，冷静点。”

“我很冷静。我明白你的想法。你想结束这一切，对吧？别再管我了。”三郎启动电动轮椅，离开了米琪。

“三郎……”

三郎沿着走廊离开了，没有回头。不知道是没有听见米琪的声音，还是装作没有听见。

11

从那天开始，三郎就不再和米琪说话了。米琪和他说话的时候，也只是打个招呼，转头就会走开。

米琪很关心三郎的行动。从那天开始，她就觉得三郎的行为有些奇怪。不过倒也不是像多克或者艾丽莎那样明显丧失记忆，而是眼神变得很空虚，常常整整一天坐在同一个地方，看着同一本书。

当老人失去人生意义，身体和内心就会迅速衰老。对三郎来说，逃脱计划或许就是他唯一的生存价值。

米琪是这样认为的。

某一天，米琪在中庭的角落里发现三郎在看书，嘴里嘟嘟囔囔，于是走过去。

他看的好像是一本过时的电信相关书籍。似乎没有翻页，总在读同一页。

“你对电信感兴趣？”

三郎看了米琪一眼，随后视线又落回到书上。米琪甚至不知道他有没有认出自己。

“莫尔斯电码背下来也没什么用。”米琪继续向他搭话。

这次连看都没看自己。

米琪不知道他是单纯地生气，还是认知功能下降了。考虑到他的年龄，精神机能衰退也并不奇怪。

“需要通信手段。”三郎说。

“你刚才说‘通信手段’？”米琪问。

三郎没有回答。

“你到底要和谁通信？”

三郎没有反应。

等了差不多一分钟，米琪正想是不是该离开这里的时候，三郎仿佛自言自语般地说话了。

“和未来。”

“哎？”

三郎依旧低着头，抱着书。

下一次看到他的时候，三郎背靠着中庭的树干，坐在地上。

米琪慌忙走过去。她担心三郎是不是身体不好。

不过发现附近的员工都很冷静，这才明白没什么大问题。

米琪走近的时候，三郎抬起头。

“你好。”米琪招呼说。

三郎又低下了头。

果然还在生气吗？还是说，认知障碍更严重了？米琪分不出来。

不知道附近是不是有个水洼，蚊子飞来飞去。仔细一看，三郎的手臂上都停了好几只。米琪觉得三郎自己也看到了，但他并没有伸手去拍，也没有赶走它们，而是随它们叮咬。他身上已经叮出了十几个红色的斑点。

“有蚊子。”米琪伸手驱赶蚊子。

三郎瞪着米琪，不高兴地说：“别管我！”

对于态度恶劣的三郎，米琪越来越不想和他说话。不知不觉间，两个人接触越来越少，米琪关注他的时间也越来越少。

米琪本想找艾丽莎或者多克商量，但他们大概都不记得自己了，而且如果随便接触，可能还会被员工盯上，所以米琪也没去找他们。

然后，有一天，米琪发现三郎不见了。

1 2

为什么艾丽莎想要一个人出去?

三郎一直在想原因。

当然，没有证据证明她采取了行动。但作为一种可能，他感觉需要验证一下，假设真是这样的情况，那么会有什么原因。

她是个冷静的人。肯定会等待风头过去。换句话说，她是故意采取逃脱行动的。

刚刚发生过某个事件，警戒程度肯定会暂时提升，但慢慢还是会缓和下来，最终恢复到原先的状态。这样的事情有很多。不过也不见得全都会这样。另外也可以认为，员工们可能只是暂时还没报告，一旦上报，警戒程度立刻就会上升。也许会在大门口设置长期监控，也可能搜查所有入住者的随身物品。如果那样的话，就不可能逃出去了。

换句话说，如果错过现在的机会，可能永远也没有机会了。但在另一方面，不可否认的是，在多克失败的情况下，逃脱的风险要比以前高很多。是不是正因为如此，她才决定自己一个人逃跑，以便把损害降到最低程度？如果是那样的话，她的判断非常合理。

自己也要做出合理的判断才行。

如果连续两次逃脱失败，那么第三次也失败的可能性会非常高。但如果在这里放弃，可能就再没有以后了。换个角度想，即使逃脱失败，也只是抹除记忆而已。不会有生命危险。既然这样，总有一试的价值。这是合理的判断。

他决定不找米琪。如果自己失败，她就是最终的底牌。他还想过寻找更多的同伴，但又觉得多费太多时间本身就是一种风险。

米琪改造过电动轮椅。现在只能相信安全装置已经失效了。

三郎趁着早餐前员工忙碌的时间，走向大门口。

没有员工的身影。非常顺利。

三郎从口袋里掏出顶针。虽然记忆有点模糊，但六个顶针中，多克和艾丽莎应该各拿了一个。那么这是第三个。剩下的三个藏在机构里。这是预防失败的保险。

他戴上顶针，贴上指纹识别系统。

在经过了仿佛是永恒的几秒之后，门锁打开了。

三郎轻轻舒了一口气。

还不能松懈。

三郎打开门，来到外面。

袋子里装了一日份的水和食物。米琪说过，如果装得超过这个量，轮椅的电池可能就撑不住了。也就是说，在半天的时间里，如果没人发现自己，那么就必须决定要不要回去。这样回去的话，记忆可能会被抹掉。但如果继续再走半天，也可能死在荒郊野外。

不过现在担心这个还为时过早。首先要看看能不能进森林。如果停在森林外面，那还是没有任何进展。

三郎向森林前进。

外面很安静。轮椅的马达声听起来很嘈杂。三郎很着急，但速度也没办法再快了。

下次要让米琪把速度改快点。

他来到了上一次轮椅停止的地方。

三郎屏住呼吸。

轮椅正常地通过了那个地点。

三郎缓缓吐出一口气。

没问题。总算突破了第一道关卡。那么接下来就看能不能穿过森林了。

进入森林，地面突然变得凹凸不平。轮椅剧烈摇晃起来。万一轮椅倾倒，一个人恐怕没办法扶起来。三郎把轮椅的速度降到比步行更慢。

尽管相当困难，但三郎还是费力前进。轮子卡到大石头和树根的时候也会停下来，不过稍微后退一点，改变路线，便又能前进了。

抬头往上看，树枝的缝隙间可以看到蓝天。轮椅前进时，蓝色天空背景下的黑色枝叶仿佛在向后方流动。

三郎有些兴奋，他感觉自己像是在开车兜风似的。

对于夏天来说，现在的气温多少有些凉飕飕的，不过也不是不能忍受。马达的状况也很好。出乎意料的是，电池似乎要比米琪预计的更耐用。照这样一直驶出森林，可能也没那么难。

三郎不知道森林里的道路是原本存在但荒废了的，还是野兽踩出来的。如果熟悉森林，也许可以分辨出来。不过就算分辨出来，情况也没什么变化。

三郎从口袋里掏出一张纸，然后用指尖蘸水，画了一张粗略的森林地图。纸张干了就看不见痕迹，这正是他想要的效果。万一被员工抓住，他们也只会以为这是废纸吧。打湿的痕迹留下了紊乱的纤维，仔细观察还是能看出地图。

三郎把纸放回口袋。

他的胳膊有点痒。是蚊子咬过的痕迹。不过三郎没有挠。他忍住了。

现在不能挠。

三郎咬紧牙关。

他还有一点感觉奇怪的地方。从刚才开始，就有嗡嗡嗡的烦人声音。好像附近有苍蝇，但又不知道在哪里。奇怪的是，自己的速度虽然很慢，但毕竟还是以每小时两公里的速度前进，然而振翅声一直跟着自己。也就是说，苍蝇一直追在自己后面。

这是错觉，还是自然现象？三郎有些疑惑。

忽然，他感觉这个振翅声可能是从上空传来的。

抬头看天，果然看到了像是苍蝇的东西。他想要挥手驱赶，但总觉得有些不对劲。

轮椅在前进，苍蝇一直跟着自己。

三郎有些不安。是不是自己身上有什么臭味?

就在这时，前方两米左右的地方有个类似水平线一样的东西闪闪发光。

三郎慌忙想要停下轮椅，但马达的反应没有那么快。

轮椅撞到了线上。很轻的冲击感，线随即消失了。

三郎有种不祥的预感。

他把轮椅完全停下来。

它太长了，不会是蜘蛛丝。恐怕是人工制品。如果真是人工的，那很可能是某种陷阱。也许那只行为奇怪的苍蝇，就是为了提醒自己当心这个陷阱。

三郎抬头看天。苍蝇不见了。

“如果有‘协助者’的话，请告诉我，我是不是触动陷阱了？”

没有回答。

这么说来，是自己想多了？那只苍蝇并不是“协助者”的接触？希望“陷阱”也是自己想多了。

三郎驱动他迟钝的五感，观察周围的情况。

他感觉好像听到轻微的嘶嘶声。

是毒气！

“救命！毒气攻击！救救我！”三郎朝着不知道是否

存在的“协助者”呼救。

“很遗憾，现在救你违反了盟约。”背后传来声音。

三郎试图回头，但他的身体摇晃不已，无法转过头看身后。

有个影子飞走了。

他觉得那像是以前他和艾丽莎在中庭时看到的影子。

头晕目眩，手脚无力。

果然是毒气。

三郎挠了挠手臂。

然后他昏了过去。

13

米琪发现三郎失踪，是在吃过早饭的时候。

好像他从一开始就没来吃早饭。

米琪匆匆赶去三郎的房间，房间里空无一人。

保险起见，她先在机构里到处找了一圈，不过她也做好了找不到三郎的心理准备。

他那种对一切都失去兴趣的态度，难道只是演技，其实他一直在策划逃跑？或者说，他的精神状态恶化到一定程度，以至于采取了非常鲁莽的行动？

那，自己该怎么办？

米琪陷入沉思。

她感觉三郎可能逃出去了，但并没有绝对的把握断言。说到这个，她也不知道多克和艾丽莎是不是曾经计划过逃跑。她知道的只有一点：失踪的都是百战队的成员。很难想象这是巧合。

这样看来，下一个失踪的可能就是自己。

如果三个人失踪的原因是逃跑，那么自己就不该试图逃跑。三个人都没成功，难道自己就能成功吗？当然，和他们三个人相比，自己具有机械和电子方面的知识，但很难说这些知识能在多大程度上应付突发事件。不如说，敏捷性和洞察力更有助于躲避危险。而不幸的是，在后面这些方面，自己并不比其他成员优秀。

这样看来，自己保持现状可能才是最好的选择。但自己能丢下三郎不管吗？多克和艾丽莎确实过了几天就回来了，但三郎未必如此。如果他陷入困境，自己应当尽力去帮助他。但，到底怎么帮他？

米琪觉得自己一个人想不出什么好主意。

这样的话，不要轻举妄动，静观事态的发展，也是一个办法吧。

不过自己能做的应该不止这些。

找一个比自己更有洞察力的人帮忙，也许可以解决问题。

三郎花了不少时间，找到了一些具有才能的伙伴，能对逃脱计划有所帮助。米琪也可以这么做，但那需要相当长的时间。她没有精力做同样的事。

不过没有必要从头开始找。要说有才能的人，自己本来就知道。艾丽莎和多克。但不知道现在和他们两个人接触是否正确。至少多克认为接触是有危险的。

米琪烦恼了好几天，最后还是决定和多克接触。即使丧失了记忆，多克还是凭借天生的洞察力，大致掌握了事态。要说有人能给米琪提供建议，那也只有他了。

多克抱着骼髆站在书架前。米琪走到他身边。“你好。”

“你好。”多克上下打量米琪。

“看到我，你发现了什么吗？”

“光靠观察，发现不了什么。所以请允许我问几个问题。你认识三郎吗？”

“嗯。你也认识。”

“这几天没看到三郎。发生了什么？”

“这正是我想问你的。”

“目前你和我接触可能不是很好。”

“我明白。”

多克挑起半边眉毛，然后略微思考了几秒钟。

“原来如此。”

“你想到了什么？”

“三郎很有能力吗？”

“嗯，虽然可能没有你那么厉害。”

“那么，他应该采取了一些对策。”

“也许只是在赌运气。”

“你说的‘赌运气’，是指和我采取了类似的行动？”

“可能。”

“他见过失去记忆的我。”

“这个我听说了。”

“这样的话，我认为他不会在没有任何对策的情况下‘赌运气’。因为他应该知道，他的能力比我低。和我采取同样的行动，结果显然不会比我更好。”

“你非常自信。不过说得也有道理。”

“他应该采取了某种对策。既然如此，就应该等待结果。”

“什么结果？”

“唔。”

“唔？难道你不知道？”

“当然不知道。我连自己身上发生了什么都不知道，更不可能知道他会遭遇什么。”

“但你说他采取了某种对策……”

“那只是逻辑推理的结论。但这个推理的前提是，你和他的话都是正确的。”

“你是说，现在静观其变？”

“这是最佳选项。”

但可能也会错过时机。

“我不知道他发生了什么，你能帮他吗？”

“为时尚早。”多克冷冷地说。

“什么时候才不算早？”

“要做出相应的判断，需要更多的信息。”

“信息的话，我……”

“和你们接触的风险太高。我自己去收集信息。”

“你怎么做？”

“这我不能告诉你。”多克挑起半边眉毛，然后就像是完全忘记了自己在和米琪说话似的，什么也没说就走开了。

米琪不知道自己该不该接触艾丽莎，因为她觉得艾丽莎要比多克更容易亲近，但为了讨论，必须向艾丽莎解释过去的经历。艾丽莎富有洞察力，但还没有到达多克那种超人的境界。米琪不知道自己能不能很好地解释。如果她不相信自己，有可能会向员工举报。米琪无法推测这会对三郎和自己的命运造成什么样的影响。这样的话，反而是多克说的，静观其变才是正确的选择。

她想了整整三天，最后决定和艾丽莎接触。她认为应该尽量多借助大家的智慧。

当米琪走向艾丽莎房间的时候，在走廊里，她和坐在轮椅上的三郎擦肩而过。

“哇！”米琪忍不住叫了起来。她开心得控制不住自己了。

三郎瞥了米琪一眼。那眼神中没有亲切感。是防备可疑人物的眼神。

“三郎，你没事啊。”

“没事？……唔，能请教一下您叫什么名字吗？”

三郎的语气是对第一次见的人——特别是对女性的礼貌口吻。也就是说，他认为自己和米琪素不相识。

米琪很失望。

一切都没变。和多克、和艾丽莎的情况完全一样。多克说三郎应该采取了某些对策，但看起来他高估了三郎。三郎没有任何胜算。

“啊，对不起，我认错人了。”米琪要从三郎身边走开。

“请等一下，您知道我的名字。”

“嗯，大概算是认识吧。”

“您还问我没事吧。”

“啊，那是我误会了。”

“您的意思是，我遭遇了某些事情。”

“这个，我也不知道。”

“您对我有什么了解，能请您告诉我吗？我到底想做什么？”

“您并不想做什么。”

“我在怀疑这个机构。”

“因为没有哪个机构是完美的。”

“我不记得自己怎么来这里的。”

“上了年纪的人经常会这样。”

“而且我完全不记得自己认识您。”

“所以说上了年纪啊。”

“年纪再怎么大，难道还会把某个人彻底忘记吗？”

“老年痴呆症就是这样的啊。”

“记忆是相互有机交织在一起的东西。如果机构里发生的事情全都模糊不清，那也就罢了，但完全不记得的唯有特定的某个人，我觉得这很奇怪。”

“那可能只是个错觉。”

“我再请教一次。您叫什么名字？”

“我……叫米琪。”

“原来如此，”三郎的眼睛似乎闪烁起光芒，“现在和我回房间去。我有重要的事情和你说。”三郎启动轮椅，向房间驶去。

米琪慌忙跟在后面。

哎，刚才没再说“您”？记忆突然恢复了？但是会有这种事吗？多克和艾丽莎都没有恢复记忆啊。

进了房间，三郎把门关上。“孤男寡女共处一室，对女性来说很不礼貌，但我们的交谈不能让别人听到，只能抱歉了。为防万一，麻烦你检查一下有没有窃听器和隐藏的摄像头。”

米琪从口袋里掏出设备，检查了一遍。

哎？记忆真的恢复了？

“我知道需要什么了。防毒面具。”三郎飞快地说。

“什么意思？我完全不懂你在说什么。”

“仔细看好。这里写着呢，”三郎卷起袖子给她看，“快消失了，注意。”

手臂上有些蚊虫叮咬的痕迹，还有挠的痕迹。

“这是什么？”

“虫咬估计是为了掩饰。重要的是挠痕。”

米琪又看了看挠痕，还是没有看出文字的形状。又不像字母，也不像假名。

“这不就是正常的挠痕吗？”

“不能写字，不然马上就会被发现。你看，这里混合了不同的长度。点、横、点、点、点、点、横、横、横、点、横。”

“莫尔斯电码！‘毒气’。”

“没错。”

“所以你故意让蚊子咬你。如果突然在皮肤上刻出莫尔斯电码，那很容易暴露，所以伪装成蚊子咬了之后的挠痕。这样一来，就算记忆被抹掉，也能记下敌人的陷阱信息。”

“没错，这就是我做的事，”三郎得意地说，“你会做防毒面具吗？”

“……当然。活性炭应该有效，虽然这也取决于毒气的种类。活性炭可以从冰箱里偷，也可以用草木自制……”

“制作就交给你了。”

“但你怎么知道我有这种技术？你刚才还让我检查窃听器。”

三郎露出神秘莫测的微笑，他从抽屉里取出日记本，递给米琪。

“以前你给我看过这个。”

“再看一次。大概能读到一些你没见过的文字。”

米琪用颤抖的手哗啦啦翻动日记本。

本子里用同样的翻页漫画手法，写了新的文字。

逃脱游戏百战队成员四名。发起人三郎。情报收集艾丽莎。战略策划多克。技术、机器米琪……

14

“你怎么想到这种办法？”米琪哗啦啦翻动日记本，

钦佩地说。

“多亏了多克。”三郎回答。

“你出发前和多克谈过？”

“我记不得了，估计没有。不过好像有过短暂的交谈。有一张留给自己的纸条。‘必须采用只有自己才能解开的暗号’。这不是我的主意，估计是多克的。”

“什么意思？”

“多克和艾丽莎以亲身经历证明了记忆会被抹除的事实。再不采取措施，那就太蠢了。如果记忆会被抹除，那就用暗号写一张给自己的纸条。就算记忆被抹掉，我迟早都能重新发现这本日记的暗号。往里面追加写给自己的消息就行了。”

“艾丽莎没有采取措施吗？”

“她应该是为了确认，多克的记忆丧失的确是因为尝试逃跑吧。”

“但是记忆被抹除了的话，还怎么确认？”

“不是为了她自己。”

“是为了我们？”

“应该是吧。恐怕她没有留下给自己的信息。如果她本来在写日记也就罢了，但原本没写，突然开始写日记，就显得很不自然。而且要隐藏暗号，也需要好几个月的时间，才能写到足够多的页数。”

“那，现在可以重新组建队伍了。”

“这个怎么说呢……”三郎沉思道。

“怎么了？难道你放弃逃脱计划了？”

“没有放弃。但我想他们两个人应该很危险。我已经把你和他们卷进了麻烦中，不知道该不该再把你们牵扯进来。”

“真是奇怪，在你的记忆消失之前，我们两个也讨论过一次，但是立场和现在截然相反。”

“真的？难以置信……”

“从一开始，我们就都已经卷进麻烦里了。你只是提醒我们注意到这个事实罢了。”

“没有注意到可能也是一种幸运。”

“我觉得现在更幸运。人生总需要有动力。”

“会很危险。”

“不，不会很危险吧。”

“敌人具有相当高的技术，甚至可以消除特定的记忆。”

“所以说，也就这点危险吧。”

“哎？”

“不管我们做了什么，他们只会抹除我们的记忆。我们在这里生活，他们不会杀我们，而即使我们逃脱，也只是消除记忆，再把我们放回到这里。虽然我不知道他们的目的是什么，但如果他们想杀我们，就不会在这里照顾我们，更不会抹掉记忆再把我们放回来。”

“说得没错，”三郎低语道，“这是一个很有说服力的假设。”

“实际上，这是唯一的可能，”米琪说，“至少我们需要多克。他的洞察力不可小觑。没有他的协助，我想我们无法瞒过敌人。”

“你的电子和机械技术，也是没人能替代的。”

“还有艾丽莎的情报收集能力。”

三郎摇摇头。“她的能力也很强。不过，对于逃脱计划来说，她是绝对不能少的吗？”

“确实，她的能力在逃脱前要比在逃脱时更有用。但这不能成为不让她加入的理由吧。制订逃脱计划，需要她的能力。”

两个人默默地互相瞪视。

过了几分钟，首先开口的是三郎。“好吧，这样下去没法取得一致，什么都做不了。这样你看可不可以：先让多克加入，至于要不要让艾丽莎加入，和他商量之后再决定。”

“好。总之邀请多克我是同意的。”

多克在书架前挑选书籍。米琪来到他身边。

“怎么了，有什么进展吗？”多克做出找书的动作，没有看米琪。

“三郎回来了。他还找回了记忆。”

“不可思议。连我都没有找回记忆。”多克并没有很震惊的样子。

“准确地说，不是找回记忆，而是解读了丧失记忆前的自己发送的信息。”

“这就说得通了。”

“也就是说，三郎比你做得好。”

“不能这么说。我大概没有足够的材料提示自己记忆抹除这件事吧。而三郎有相应的材料。这也是多亏了我的牺牲。”

“多亏了你和另一位——艾丽莎的牺牲。”

“哦，还有一个人啊。这样就可以确定，记忆抹除不是发生在我一个人身上的特殊事件。很有道理。这么说她应该也失去了记忆。你和她联系了吗？”

“关于这个问题，我和三郎的意见不一样。能听听你的想法吗？”

多克伸手摸了摸下巴。思考了几秒钟后，他说：“好吧，和你们会合将会带来风险，但有时候不冒点险，也没办法取得进展。而且说到风险，就算是最坏情况下被敌人发现了所有的情况，也只是记忆被抹除而已，没什么大不了的。”

“我认为应该让艾丽莎加入。”多克明确地说。

米琪带着一副“你瞧”的表情望向三郎。

这里是米琪的房间。三个人中可能只有她没被盯上，所以就用她的房间召开作战会议了。

这个房间颇为粗犷，很有米琪的风格。桌子上和地板上都散落着写满算式的纸条，纸条间隐约可见工具和电路部件。

三郎有些犹豫要不要坐轮椅进去，不过多克浑不在意，径直用轮椅压了过去。看到这一幕，三郎终于也下定决心进入房间。

“让她加入进来会有风险。”三郎反驳说。

“我们三个人已经会合了，这本身就是风险。再加上她，我认为风险不会增加多少。”多克反驳三郎。

“应该好好评估优势和风险。”

“优势和风险不可能准确评估。无论如何，我们对敌人和外面都一无所知。”多克耸耸肩。

“那就更不应该承担更多的风险了，不是吗？”

“那么你为什么找我？”

“你不愿意我们找你？”

“不，完全没有。”

“那就没问题吧。”

“但我们说的是艾丽莎。找她，她大概也不会不愿意。”

“……我在考虑的是整体风险。”

“什么意思？”多克挑起半边眉毛。

“四个人逃脱的话，无论成功还是失败，总之就都结束了。这里剩下的所有入住者都会被留在这里。”

“成功的情况下，不会再有人回来，”米琪说，“但失败的情况下，不是又会从头开始吗？”

“别太小看敌人了。也许他们不会仅仅消除记忆，而是采取非常严格的监控，或者别的什么措施。”三郎说。

“别的措施？”

“下药，或者做切除脑白质什么的。”

“不会吧？”米琪打了个寒战。

“我不认为那是什么愉快的状况，”多克说，“但我们已经一百岁了，那种状况也不会持续很久吧。没必要那么悲观。”

“我并不是因为预想到自己的悲惨状况而悲观。我担心的是，如果我们失败了，恐怕就没人继续做下去了。”

“啊，原来是这个意思，”多克表示赞同，“那么，留一个人下来不就好了？”

“这个人选，我认为刚好失去记忆的艾丽莎最合适。”三郎满脸通红地说。

米琪恍然大悟般地点点头。

但是多克奇怪地说：“失去记忆的状态下，这是不行的吧？说到底，最终还是没有继续做的人了。”

“以她的能力，可以自己重新发现这个机构的异常吧。”

“有可能，但不能确定。你为什么拒绝告诉她真相？”

“多克，你还没理解三郎的心情。”米琪说。

“心情？为什么突然提到他的心情？”多克问。

“和心情没有关系！”三郎的脸更红了，“米琪，你不要多话。这只会让情况更复杂。”

米琪耸耸肩，不说话了。

“你不觉得，如果你告诉她真相，然后把她留在这里，她会有一种被抛弃的感受吗？”

“唔，我不是她，我不知道。”多克说。

“一般来说都会这样的。”

“一般来说都会这样吗？”多克问米琪。

“你不用管米琪的意见。”三郎慌忙说。

米琪又耸耸肩，露出难以言喻的神色。

“那怎么办？什么都不告诉艾丽莎，最终也就是和那些被抛弃在这里的入住者一样。”

“我会给她留消息。”

“这怎么能行？会被敌人发现。”

“就像‘协助者’对我做的那样，通过某种暗号留下消息。”

“她写日记？”

“也有不用日记的方法。”

“什么方法？”

“米琪会帮我。当她的轮椅行驶过一定的距离，控制箱的盖子就会打开，我会把线索藏在那里面。”

“这样敌人也会发现。”

“我会用唯有她知道的信息做密码。”

“你的记忆已经被抹除过一次，关于她的信息，你还记得什么？”

“我记得。三郎找我从头到尾细细问了一遍。”米琪说。

“这个方针没有问题。”三郎强调说。

多克挑起半边眉毛。“没有确凿的证据证明这个方针最好，不过也没有确凿的证据证明所有人一起脱逃的方针最好。如果你希望这么做，那么我没意见。”

“米琪呢？”

“多克这么认为的话，我也没意见。”

“很好。那么我一个人来考虑制作暗号的方法。”三郎离开了房间。

“真是个搞不懂的家伙。”三郎出去后，多克低声说。

“不，我觉得很容易懂，”米琪说，“三郎对艾丽莎抱有特殊的感情，所以他不愿意让她遭遇危险。”

“两个人都已经上百岁了啊！”多克罕见地露出震惊的表情。

“恋爱和年龄无关。”

“三郎应该也没有和艾丽莎交流的记忆……”

“敌人可以消除记忆，但也许无法消除爱意。或许，他们以为恋爱并不重要。真是一群蠢货。”

多克默默抱起胳膊。他显得很高兴。

第二部

1

至此为止都很顺利。顺利得可怕。

三郎戴着防毒面具，坐在轮椅上，一边在森林中前进，一边望着地图想。

那看起来只是污迹斑斑的废纸，其实是三郎房间里翻卷起来的墙纸背面。

三郎发现行李中有张白纸。在思考它是什么东西的时候，三郎才想到它是地图。

行李中的白纸，看上去真的只是一张白纸，不过好像被打湿过，皱巴巴的。

三郎看到它的时候，总觉得好像在哪里见过。然后他在房间里找了一个多小时，终于发现它和受潮翻卷起来的壁纸很像。

三郎小心翼翼地剥下壁纸，拿它和白纸比较。

白纸上的褶皱，和壁纸受潮的状况非常相似。而且不是全部，而是壁纸的一部分受潮处才和白纸的褶皱酷似。

三郎怀疑白纸是自己在记忆被抹除之前制作的森林地图，但与壁纸的一部分相似的事实说明，整个壁纸都是这个机构周边的地图。

然后他把壁纸翻过来的时候，又发现那上面画了一条细线，以前没注意过。透过壁纸，三郎发现那条细线和受潮的污渍完全不重合。

如果这条线是从机构逃出去的路径，一切就能说得通了。

三郎把自己的想法告诉了多克和米琪。

两个人都认为三郎的推测应该没错。于是三个人决定当即执行逃脱计划。

因为他们认为，既然拿到了地图，就没必要再拖延了。

三个人各自戴上顶针，去往大门。这次的顶针依然成功发挥了开门的作用。

来到外面，三个人的轮椅纵向排成一列，各自相距约五米。如果三个人聚在一起，一旦发生什么突发情况，很可能全军覆没，所以采用了这样的配置。三郎在最前面，然后是米琪，多克在最后。

“我们三个人当中，如果有人发生意外，其他两个人不要试图去帮忙，而是优先保证自己的生存。”三郎对米琪和多克说。

“当然。最大的危险也就是抹除记忆吧。每个人都应当优先保护自己，避免全军覆没。”多克说。

米琪改造过轮椅。愿意的话，速度可以开到每小时三十公里。不过由于地面凹凸不平，所以他们把速度控制在十公里左右，遇到石头特别多、特别坑坑洼洼的地方，速度还会进一步控制在五公里以下。

“这森林好大啊。”多克说。他的声音通过米琪准备的耳机型通话器传来。“机构果然不是在京都郊外。”

“就算是京都，山岳地带也有很多森林，不过这里差不多都是平地，大概不是京都。而且也不是东京或者大阪。”米琪回答说。

“在出发前，我们不知道地图的比例尺，不过从刚才的路程中可以大致推算出来。地图的一厘米好像相当于实际的五公里左右。”

“这么说来，这张地图的范围大约是五十公里。最多十个小时，应该就能走出森林了吧。”三郎说。

“太乐观了吧？地图的边缘未必就是终点。”多克谨慎地表达自己的意见。

“刻意准备一张不完整的地图给我们，这种做法没什么意义吧。又不是故意吊我们胃口。”

“唔，你怎么知道不会是故意的？”

“因为‘协助者’怎么会故意做这种事呢？”

“‘协助者’这个名字，只是你一厢情愿加上去的吧？”

“等等，你是说，‘协助者’不是来帮助我们的？”

“我没有证据证明‘协助者’有恶意，但也没有理由完全相信他吧。”

“特意把地图隐藏起来，又做了指纹顶针，还把暗号发给我，如果他有恶意，何必做这些麻烦事？”

“这正是我感觉奇怪的地方。为什么这么帮我们？简直像是在玩某种游戏一样。”

“你认为‘协助者’是在玩弄我们？”

“我没有证据，只是在说一种可能性。想得越多越好。”

“那，如果‘协助者’是敌人，他有什么目的？”

“抱歉打断你们……”米琪插嘴道。

“不用调解，”三郎说，“我们没在吵架。”

“我可没那么蠢，要给吵架的男生调解。只不过简易雷达显示，在你前面十米处有个陷阱。”

三郎慌忙挂上刹车。停得太突然，差点从轮椅上飞出去。

“你倒是早点说啊！”

“你们相谈甚欢，我不好意思打扰。”

三郎从袋子里掏出眼镜型望远镜，观察远处。

几米开外有一条细线般的东西。距离地面约有三十厘米高。

每隔几公里就会遇到这样的陷阱。遇到时首先检查有没有路能绕过去。如果有，那就最好不过。如果遇到石头、树木或者陡峭斜坡的阻碍，没办法绕过去，那要么从上面越过去，要么从下面钻过去。如果丝线高度十厘米左右，三个人可以想办法把轮椅一台台从丝线上抬过去。轮椅重量大约有二十公斤，勉强抬一会儿还是没问题的。反过来说，如果丝线高度超过五十厘米，就把轮椅折叠起来，从下面钻过去。虽然费事，但其实这种情况不用费什么体力，反而更轻松。最麻烦的就是现在这种丝线高度三十厘米左右的情况。不管从上翻还是从下钻，都很难。

三郎把轮椅挪近，观察丝线的情况。

丝线长度是三米，刚好拦住去路。两端分别连着一个金属质地的小箱子，箱子边长是十厘米左右，安装在稍微偏离道路的树干上。

“这个能拆掉吗？”三郎问米琪。

米琪凑过来，从口袋里掏出设备，拉出天线，靠近小箱子。

“嘿，要是用陌生电波照射，会不会启动它？”

“别担心，这只是接收装置，不会发射电波，”米琪转动旋钮，继续检测，“好像没有发射什么特别的信号。不过也可能是在断线的时候发出警报。”

三郎挠挠头。“咱们能把轮椅抬到三十厘米这么高吗？”

“最好不要。要是伤了腰腿，可能站都站不住。最坏的情况下，说不定再也站不起来了。”多克否决了这个想法。

“如果把这条线固定在某个地方，比如在这里竖个桩子，那么线断了也能继续保持张力，这样可以防止它启动吧？”

“可能只要碰了就会启动。”米琪说。

“不会那么敏感吧？天会下雨，昆虫和小动物也会碰到。”

米琪拿出放大镜观察丝线。“就算打个桩，怎么固定也是个问题。最好别碰这根线。”

多克开始观察箱子。“有螺丝孔。”

“这个应该不会是陷阱。没人会想到从这里过去的人会拆箱子吧。”三郎说。

“米琪，如果拆掉它，你能知道它是怎么工作的吗？”多克问。

“如果能拆的话。”

“所以说上面有螺丝孔嘛。”多克强调说。

“可能是假的。就算不是假的，拆它的时候也肯定会震动。”

大家都沉默了。

“看来我们的旅程到此为止了。”米琪遗憾地说。

“为什么？”三郎问。

“为什么？”多克也同时问。

“哎，一切都结束了啊。没办法再前进了。”

多克想了一会儿说：“前进没问题。”

“没错。与其回去，还不如继续前进，哪怕触发警报器。”三郎表示同意。

“你们认为自己真能逃走？”米琪很惊讶。

“说到这个问题，都已经现在这个时候了，机构内可能都已经响起警报了。现在不是害怕警报的时候。”

“说得没错。既然我们已经逃出来了，再因为害怕警报器而回去，那就太可笑了。不过，自己主动触发警报，也不是好主意吧？”

“没必要强行触发。总之先想办法拆除。如果中途触发了，那时候再快速冲向终点吧。”

“好吧，那我试试吧。”米琪又一次观察箱子，然后摘下自己的防毒面具。

“喂，你干什么？”三郎吃惊地说。

“戴着这个，没办法凑近工作。”

“毒气喷出来怎么办？”

“估计只有催眠作用，不会死的。”米琪已经开始工作了。她从口袋里掏出螺丝刀，说话间已经打开了盖子。里面还有个小盒子，丝线的一头连在里面。

“很不错嘛。”米琪继续拆解，丝线的一头固定在弹簧上，只要丝线断开，弹簧的力量就会触发设备。

“这个简单，能拆。”米琪用钳子剪断开关部分，改造成永远关闭的状态，然后把线也剪断了。

“完成。好了，可以触发了。”米琪刚站起身，突然闭上眼睛，身体往前倒去。

三郎和多克慌忙扶住米琪的身子。

“没关系，还有呼吸，”多克检查后说，“这个陷阱恐怕比米琪想的复杂。毒气喷出来了。”

“怎么办？在这里照顾她？”三郎问。

“这附近的毒气浓度可能正在上升。总之先搬到轮椅上，然后往后退一点，至少后退一百米吧。”多克决定。

两个人一起拖着米琪的身体，勉强把她放到轮椅上，发动马达，朝来的方向退去。

“米琪，你还好吗？”三郎一边喊，一边摇晃她的身体。

“唔唔唔唔……”米琪闭着眼睛，发出痛苦的声音。

多克把耳朵贴在米琪的胸口上。“事态紧急，迫不得已。”

“没人会指责你。”三郎回答说。

“没有大问题，呼吸和心跳都正常。”

“问题在于精神方面。记忆正常吗？”

“米琪，醒醒！”多克又晃了晃她的身子。

“啊？我想睡觉。”

“米琪，我们现在是在逃跑，不是睡觉的时候。”

但是米琪已经打起了呼噜。

“好像没办法喊醒她，”多克挑起半边眉毛，“怎么办？”

“我来决定吗？”

“你是队长。”

“你不是一直抱怨我的决定吗？”

“我只是表达自己的意见。做决定的是你。”

三郎咬住嘴唇。“那，我先听听你的意见。”

“有两个大的方向。要么继续前进，要么回去。”

“这个我同意。每个方向的好处和坏处呢？”

“继续前进的好处是，和当初的计划没有大的差别。如果毒气的影响是暂时的，米琪大概很快就会醒来。坏处是至少在接下来的一段时间里，必须一边照顾米琪、一边前进。另外在最坏的情况下，米琪的情况有可能会恶化。”

“嗯，没错。”三郎摸了摸自己的额头。

“回去的好处是米琪肯定能恢复，坏处是我们有可能再也没机会逃出来了。而且，就算回去，我们还是需要照顾米琪。”

“那怎么选？”

“轮椅很难自动驾驶。大概只能把它和你的或者我的轮椅连起来。”

“会给马达增加很大负担吧？”

“那也没办法，只能轮番使用三个轮椅的马达，尽量延缓损坏吧。”

“现状分析就是这些了？”

“嗯。”

“那你推荐哪个方向？继续走，还是回去？”

“最后还是让我来决定吗？”

“不，只是参考。我是独裁者，就算听了你的意见，也不会采纳。”

“米琪的生命比我们的好奇心更重要。而且一旦记忆被抹除，我们的好奇心也会跟着消失。”

“好，听你的，马上回去。”

“喂，本来不是这么说的吧？这不是变成我来决定了吗？”

“没有问题啊。我武断地决定，‘不管多克说什么，都听你的’。所以这个决定当然是我做的。”

“第一次听说这种狗屁不通的道理。”

“我也是。”

“好吧，总之先想想怎么把轮椅连接起来。没有米琪的帮忙，估计很难弄。”多克开始检查轮椅的构造。

“我反对。”米琪突然睁开眼睛。

“你醒了？”三郎露出笑容。

“参加逃脱计划的时候就知道有危险，而且一开始也说过，有人发生异常变化的时候，其他人不要试图帮忙。根据以前的情况看，放着我不管，机构人员会来找我的。”

“有这个可能，但也没道理把一个失去意识的人一直留在荒郊野外。”

“我当然也不想被留下。”

“那……”

“但是，带我回机构并不是合理选择。你们看看地图。”

三郎摊开地图。

“机构位置在哪儿？”

“这里。”三郎指向地图边缘。

“目的地呢？”

“这里。”三郎指向地图的另一边。

“现在我们在哪儿？”

三郎指的地方，距离目的地比机构更近。

“继续前进要比回去更快。就算要治疗我，外面也有很多地方，应该比那个机构更正规吧。所以不要回去，往终点走更合理。”

“说是这么说，但接下来的路都是未知的。”

“我们一路过来都是未知的，不是也走过来了吗？”

“可是……”

“这是我的愿望。我不想回去。我真的很想在外面接受治疗。”

“好吧，那就照你的愿望去做。”

“喂！”多克说，“说是目的地……”

“但这是米琪的愿望。”

“拜托了，说好了。”米琪握住三郎的手。

“知道了。我们继续往前走。”

“等一下。米琪刚才说自己需要治疗，但是你已经恢复了意识，为什么还要治疗？”

就在这一刹那，米琪的头垂了下去，再度失去了意识。

“呼吸和心跳都正常，”多克说，“但刚才是怎么回事？”

“本来，失去意识是一种持续状态，但依靠强韧的意志又说了一分多钟的话，真是个可怕的老太太。”

“我同意，”多克挑起半边眉毛，“那我就把轮椅连在一起了。回到机构应该是晚上了……”

“为什么回机构？”

“回机构去，不是刚才我们商量好的吗？”

“后来米琪也说了她的意见。”

“那个不考虑。她受到了毒气的影响。”

“但是，商量的结果是继续前进。”

“那是为了安抚她的权宜之计……我以为。”

“去目的地，这是和她的约定。”三郎看着沉睡的米琪。

“要问我的看法，现在说的目的地也只是暂时性的目的地，我们不知道那边有什么。可能前面依然是森林。”

“刚才你怎么不说？”

“刚才我觉得不该和米琪争论。”

“那就没办法了。米琪睡着了，光靠我们两个，不能推翻刚才的决定。”

“第一次听说这种狗屁不通的道理。”

“我也是。”

两个男人齐心合力，总算把两辆轮椅连在一起，向目的地出发。三郎的轮椅领路，后面跟着多克的轮椅，轮椅上拖着米琪的轮椅。

路上又遇到好几次丝线，要么从下面钻，要么从上面翻，算是都绕过去了。但没有米琪的帮助，而且还要搬运她的身体，和之前比起来非常吃力。翻过一个陷阱需要花费一个多小时，所以距离目的地还有十几公里的时候，太阳都已经落山了。

“现在怎么办？”三郎问多克，“在这里露宿，还是继续前进？你觉得哪个更安全？”

“没有足够的事实判断哪个更安全。但是继续前进的话，生理上做不到……也就是说，我累得动不了了。”多克老实承认。

“说实话，我也是。”

他们让米琪继续睡在轮椅上，两个人躺到地上。夜里温度下降了不少，而且直接睡在土地上，对于老年人非常不友好，但因为全身酸痛，实在没办法继续坐在轮椅上。他们只能尽量找个杂草多的地方睡觉。

“万一夜里来了狗熊、野猪、野狗，怎么办？”三郎问。

“假如这里是日本，野兽大概就这几种，但如果是外国，还可能会有狮子、鳄鱼什么的。”多克回答说。

“但我觉得狗熊最可怕。”

“只能用准备好的弹弓驱赶了。如果打中的话，应该还是有一定的威力。最坏情况下不得不近身肉搏的时候，只能用米琪做的电击枪击退了。”

“这两个能对付狗熊？”

“这个嘛，没用过，不好说……咦，那是什么？”

“怎么了？”

“有声音。你没听见？”

“抱歉，我一直在耳鸣，听不清楚。”

“嘘！”多克站起来，“该死，什么都看不见！”

“要是有夜视镜就好了。不过就连米琪也做不出来。”

“我有个手持探照灯。”

“但是开灯也会暴露我们的存在。”

“很可能已经暴露了。准备好弹弓。”多克从袋子里取出探照灯。

“我可能打不中。你来用。”三郎要把手里的弹弓递给多克。

“我也打不中。谁用都一样。”多克闭上眼睛，像是在细听声音的方向。

“这边!！”多克打开探照灯。

黑暗里浮现出机器的身影。它摇摇晃晃地悬在半空，长度三四十厘米，形状扁平。

“无人机！快打！别让它跑了！”

哦，对。

三郎朝无人机射了一弹。说是弹弓，结构其实更像弓箭。打中的话，应该会造成相当大的打击。射一弹就很累了。

虽然看不到子弹的去向，但等了几秒都没反应，看来是没打中。

“果然没打中。”三郎很失望。

“唉，那也没办法，”多克说话的同时，无人机消失了，“不妙，完全被他们发现了。”

“那个不见得是敌人的东西吧？”三郎说，“也可能是‘协助者’派来的。”

“我理解你的心情，但现在应该考虑最坏的情况。假设敌人知道了我们的位置，现在该怎么办？”

“知道了位置，应该很快就会过来。我们两个老头也不可能抵抗，只能马上离开这里。”

两个人坐上轮椅，马上出发。

探照灯装在轮椅上，照亮前方。现在不是担心暴露的时候。

“速度提高到每小时二十公里吧。”三郎提议说。

“那太危险了吧？万一绊到什么东西，弄不好会重伤。而且现在是半夜。”

“那么十五公里。”

“和现在只差五公里，只能是心理安慰吧？”

“不见得，说不定差几百米都会不一样。越快越好。”

“好吧，那就提高速度。”多克勉强同意了。

说是时速十五公里，也就是快点骑自行车的速度。对于百岁的老人来说，这已经相当快了。而且探照灯的光线只能照到百米开外。

“把简易雷达的灵敏度提到最高，”三郎说，“我负责看前面，你负责后面。”

“好的……有个坏消息。”多克静静地说。

“怎么了？”

“刚才的无人机好像在追踪我们。”

“确实是个坏消息，不过都在预想范围内。距离和速度是多少？”

“距离两百米，速度每秒四点二米，也就是时速十五公里。”

“和我们的速度完全一致，这是巧合吗？”

“恐怕不是。无人机的目的是跟住我们。现在追踪部队说不定在用每小时一百公里的速度逼近。”

“能甩掉它吗？”

“如果现在马上跳下轮椅，躲到森林里，无人机可能会继续追空轮椅。”

“你是说真的？”

“我只是在讨论可能性。”

“徒步走一百米都很勉强。我们从轮椅上跳下去躲进森林里的时间最多只有几十秒。而且我们本来也不能跳，必须先把轮椅停下来。但是一旦停下，我们的打算就暴露了。”

“所以我只是在讨论可能性，不是说真的可行。”

“那就想个实际可行的方案。”

“我们往无人机那边走。”

“为什么？这就是甩开无人机的方案吗？”

“你用弹弓把无人机打下来，这样也许可以争取一点时间。”

“不行。刚才已经是极限了，我手臂没力气了。”

“那，只剩下一个办法。”

“是什么？”

“继续逃跑，听天由命。”

“……谢谢你的建议。”

“不客气。”

也许多克并不认为自己在讽刺，不过三郎也没有确认的力气了。

继续跑了几十分钟，三郎发现雷达有反应。

“啊……我也有个坏消息。”三郎咬住嘴唇。

“别浪费时间了，快点说。”多克冷静地说。

“大约三百米处有陷阱。”

“原来如此。”

“你觉得应该怎么办？”

“要么像前面那样绕过去，要么像米琪那样拆开箱子，要么干脆闯过去。”多克说。

“这三条我也想到了。”

“绕过去差不多需要一个小时。在无人机跟踪的情况下，这不现实。拆箱子也不行。具有特殊技能的米琪都失败了，我们更做不到。”

“这么说，我们就这样冲过去?！”三郎有点生气地说。

“我们已经被发现了，再触发传感器也没问题吧。”

“陷阱会启动的。”

“目前确认的陷阱只有毒气。而且防毒面具的效果前面也确认过了。这次连米琪都戴上了防毒面具，不可能造成新的影响。”多克不慌不忙地说，丝毫不显焦急。

“除了毒气，还可能触发更危险的陷阱。因为我们都来到这里了，毒气对我们没效果了。”

“有这个可能。但我认为我们应该冒这个险。”

“理由呢？”

“没有。但这是逃跑前应该问的问题。”

“说的也没错。”

对，事到如今还担心风险，未免太蠢了。已经走到了这一步，只能埋头前进了。

“好，那就继续前进。”

“明白。”

“还有五十米。”

“这可能不太妙。”多克看着雷达说。

“怎么了？”

“无人机停下来了。”

“这有什么问题？无人机飞走了不好吗？”

“你还没明白？无人机撤退了。”

就在这时，伴随轻轻的冲击，响起咚的一声。

“无论如何，现在已经晚了……”三郎说，“看，什么都没发生，依然只有毒气……”

砰。

很轻的声音，但充满不祥。

轮椅的探照灯和马达同时停了。

三郎他们都从轮椅上飞了出去。

在剧烈的撞击下，三郎半晌都没缓过气。过了十几秒，总算呼哧呼哧地喘息起来。

灯光灭了，什么都看不见。

“多克……你还活着吗……”三郎声音嘶哑。

没有回答。

三郎被绝望包围了。

我在做什么？为了满足自己无聊的好奇心，把同伴卷进危险里。我应该自己一个人完成，不管有多困难。如果多克和米琪死了，我做什么都无法补偿。

“多克，回答我！”三郎摇摇晃晃站起来。

他试着活动了一下身体。虽然周围漆黑，四肢麻痹，但勉强还能动。

“多克，你在哪儿？”三郎朝他认为多克应该在的方向走去。

走了几步，他撞到了什么东西。

三郎倒了下去。

那好像是一具身体，要么是多克，要么是米琪。

“多克？你没事吧？”

“啊，好像没死。太黑了。”多克有气无力地回答，“无人机撤离的时候，我已经预计到这种情况。不过知道归知道，还是来不及提醒，也来不及行动。年纪的影响到底不能无视啊。”

“米琪的状况怎么样？”

“她的状况没变化。呼吸和心跳都很正常。受到撞击时醒了一下，然后又睡了。”

“发生了什么？”

“恐怕是电磁脉冲。所有没做防护的电子设备都会被电路中的瞬时大电流烧毁。无人机撤离也是为了躲避这个吧。”

“莫非耳机型通信器也坏了？”

“当然。”

这下三郎知道喊多克的时候为什么没有回应了。只是因为通信器坏了，没听见。

“是我的错。”多克说。

“不，是我的判断错误，”三郎坐下来，“总之就在这里等救助吧。”

“救助？”

“机构应该会来救助。”

“那就意味着计划失败了。”

“不，已经失败了。”

“还没结束，”多克说，“你还能走吧。”

“你是说徒步走出去？先不说我们，至少米琪就不行。”

“所以把我和米琪留下。”

“我一个人走？”

“这是合理的判断。”

“一个人不可能逃出去的。”

“你忘了出发时的约定吗？‘我们三个人当中，如果有人发生意外，其他两个人不要试图去帮忙，而是优先保证自己的生存。’哪怕剩下你一个人，也应该努力逃走。”

“但是你们呢？”

“只是抹掉记忆而已，没什么大不了的。但没必要让你的记忆都被抹掉。”

“可能会给你们做脑白质切除术，或者给你们下药。”

“几乎没有那种可能。就算是真的，痛苦也是最小的。”

“我一个人逃走有什么用？”

“如果你留在这里，我们此前的努力都会变成泡影。”

“那你去吧，我来照顾米琪。”

“很遗憾，我的腿已经不能走了。搞不好断了。”

“我也走不动。”

“你刚才不是走过来的吗？”在日出前的微光中，可以看到多克挑起半边眉毛。

三郎在多克下半身附近摸了摸。

有种黏糊糊的液体感。

好像伤得很厉害。不过三郎犹豫了一下，没有告诉多克。当然他自己可能已经发现了。

三郎慢慢站起来。

“徒步最多只能走一百米吧。”

“没关系，多走一步也是好的，”多克抱住米琪，“这是通往未来的唯一道路。别担心米琪，我一定会保护好她。”

三郎点点头。

然后，在朝霞的包围中，他在森林中向前走去。

2

火红的朝霞。

三郎好几次都误以为是森林烧起来了，每次都告诉自己那只是正常的朝霞。奇怪的是，当他误以为是火焰的时候，都感觉到很热，浑身是汗，心跳加速，呼吸也乱了。

可能坚持不了多久了。

他有种隐约的感觉。然后在生出这样的感觉之后，又问自己“多久”到底是多长的时间跨度。几小时和几年的意义完全不一样。

从地图上看现在的位置，距离终点——三郎认为是森林出口的地点，好像只有几百米了。

好像只有几百米了。

三郎差点笑得背过气去。

因为年轻时候的思维习惯，才会以为“只有”几百米。年轻时候，几分钟就可以走完这点距离。就算现在，只要有轮椅，也能轻松走完。但是徒步走上几十米，就要喘不上气了。腿也抖得不行，动也动不了。照这样下去，可能走不到一百米就要在地上爬了。

三郎手扶树干休息。他很想坐下来，但又担心一旦坐下去就再也站不起来了，所以只靠着休息一下。

他的眼前闪烁不定，景色开始扭曲变形。

三郎闭上眼睛，想要调整呼吸。

他感觉世界仿佛在疯狂旋转。

他慌忙睁开眼睛。

世界还在那里。但是仿佛重力被扭曲了，整个世界都要翻过来似的。

可能真的到尽头了。再继续下去，自己的心脏肯定会停止跳动了。如果在这里倒下，追兵很快就会找到自己。

三郎放松身体，他感觉全身开始一点点崩溃。失败的苦涩在嘴里弥散开来。但那苦涩甚至令人愉悦。

这也不错吧。我尽全力了。

继续往前，哪怕再走一步。那是通往未来的唯一道路。

突然，他听到多克的声音。

三郎抓住树干伸出的细枝条，支撑住自己摇摇欲坠的身体，然后回头去看。

没有多克的身影。

刚才可能并没有真的听到。只是记忆中的多克的声音复苏了。可以说是类似幻听一样的东西吧。但那声音不允许三郎倒下。

对了，多克让我继续前进。

别担心米琪，我一定会保护好她。

我相信你，多克。

三郎深深吸了一口气，然后很想放声大叫。

然而那声音并不比蚊子的嗡嗡声大。

好吧，这也没办法。我已经上百岁了。而且如果声音太大，说不定还会被敌人发现。

虽然没能大声呐喊，但试图呐喊的行为仿佛也给了他勇气。

于是，三郎又踏出了一步。

看，我还能走。

三郎一步一步小心翼翼地前进。每走一步，都伴随着剧烈的头痛和眩晕。但他还在继续前进。

他不知道自己能走多远。每一步都像是最后一步，但他设法咬紧牙关，继续踏出下一步。他以为他最多只能再走几步，但又觉得自己走了一百多步。当然，他没有余力计算步数。所以以为的百步可能只有十步。或者，也可能是一千步。

怎么可能。

三郎苦笑。

他的身体晃了晃。

仿佛意识突然断了一刹那。

也许差不多该结束了。没有看到终点实在不甘心，但自己做了该做的事，也没什么遗憾了。

如果在这里倒下，被追兵赶上，抹除自己的记忆，那么不甘心的想法也会一起消失吧。

或者自己也可能就这么死了。那样的话，也不会再有什么不甘心了。

是啊，既然这样，我还担心什么呢？一步一步往前走就是了。

对了……什么来着？

意识逐渐变得朦胧。记忆也开始断断续续。他现在甚至不知道自己在逃离什么。

继续往前，哪怕再走一步。那是通往未来的唯一道路。

到底是谁？谁在说这种胡话？

现在连保持清醒都很难了。各种想法和记忆在脑海中犹如走马灯一样飞旋，越来越分不清什么是现实了。

意识和记忆都变得像是拼图的碎片。

终于看到了像是森林出口的地方。

嗡嗡嗡。

振翅声很烦人。

抬头一看，几只苍蝇在头上飞。

头晕目眩。

我真的没问题吗？真能平安离开这座森林吗？更核心的问题是，自己离开森林的决定是正确的吗？说到底，自己有什么理由必须逃离？不对。就算有理由，自己又怎么能断言那不是妄想？

三郎摸索着上衣口袋。

摸出一张折到很小的黄色纸张，上面满是变色的污渍。

纸上画了一条隐约可见的曲线。总体上近乎直线，但到处都是蚯蚓般蜿蜒曲折的曲线。看起来像是信手涂鸦。

嗡嗡嗡。

振翅声太吵了，无法集中精神。

三郎抬头看去。

苍蝇飞来飞去。相当大的苍蝇。

有点眼花，苍蝇看上去都有重影。甚至看不清楚到底有几只。

没错。苍蝇几乎和人类一样大。

三郎的心跳加速了。

那是真实存在的吗？或者是我的大脑创造出来的幻觉？

振翅声越来越大。好像是要降落的样子。

那是扭曲怪异的、极难听清的声音。但那显然是人在说话。

“欢迎回来。我们一直在等你。”

3

三郎被舒适的温暖包围着。

他想起小时候在寒冷的冬日清晨，裹在暖洋洋的被窝里睡懒觉的感觉。明知道必须马上起床，但还是赖在被窝王国里不肯出来的快感。

这是哪儿？

心头浮现出这样的疑问。

睁开眼睛，肯定就能得到答案。但他不想睁眼。自己现在处在半梦半醒之间，不知道什么是梦，也不知道什么是消沉。如果睁开眼睛，自己就必须醒来，必须面对现实。我宁愿一无所知，不愿面对现实。

等待我的到底是什么样的现实？

一种可能性是，我现在落在敌人的手里。我被强迫睡在床上，而我身边都是正准备处置我的医生。所谓处置，要么是注射某种药物，要么是对大脑动手术，诸如此类吧。虽然不是很舒服，但如果这些都是在睡梦中发生的，那也许并没有什么痛苦。最好的办法就是继续这样睡下去。

另一种可能性是，自己依然在森林里，躺在地上，逐渐变得冰冷。也许是五感都麻痹了，所以才感觉到虚幻的温暖。想必连这种舒适感也是大脑在濒临死亡时大量分泌的欣快物质带来的吧。既然如此，我也没必要再反抗了，静静走向死亡吧。事到如今，再想与死亡抗争，也只会让痛苦持续更久。

还有一种可能性是，自己已经死了，这里是死后的世界。虽然三郎对于死后世界存在与否持怀疑态度，但即使真实存在，也没什么可奇怪的。打个比方，在游戏世界中操控角色的，是这个世界的玩家。即使游戏里的角色死亡，现实的玩家也不会死。同样的道理，如果这个世界其实是另一个世界的游戏，那么这里的每个人都是那个世界的游戏角色，即使游戏角色死了，我们的本体——也就是另一个世界的自己——依然会继续活下去。当然实际情况可能没有那么简单，但如果这个世界的自己死亡，另一个世界的肉体就会苏醒，这样的情况是很有可能的。不过，并没有证据显示死后的世界是一个舒适的世界，所以当自己睁开眼睛的时候，也许会直面令人不快的现实问题。如果是这样，那么自己还是希望尽量延迟那一刻的到来。

由于以上种种原因，三郎犹豫是否要睁开眼睛。

睁眼也许会招来不幸，而现在至少是舒适的，所以没有必要勉强睁开眼睛。

三郎决定继续闭着眼睛，直到不得不睁开为止。

奇怪的是，这样一来，明明应该睡觉的，意识却越来越清醒了。

朦胧的记忆也变得逐渐清晰起来。

进入那个机构之前的事情，也慢慢回想起来了。

21 世纪上半叶，日本发生了两项冲击性的事件。

一是出生率的急速下降。随着年轻一代的消亡，越来越多的公司由于极度的人员不足而无法开展业务。

另一个问题是 AI 导致的失业。AI 的进步永无止境，原本以为只有人类能做的工作，逐渐都可以让 AI 来完成。多余的员工纷纷被裁员，于是到处都是失业者。

这两个事件实际上具有完全相反的两个经济侧面，也就是劳动力不足和劳动力过剩。如果这种现象是逐步发生的，那么不足的部分和过剩的部分相互抵消，因而可以实现稳定的经济发展。然而，出生率下降和 AI 化并不受控制，它们同时急速发展，导致就业环境变得极其不稳定。

对于那些希望从事简单工作和事务工作的人来说，他们的工作恰好是 AI 擅长的，所以几乎找不到工作。另一方面，在 AI 难以处理的需要创造性的领域，人才却转眼就枯竭了。

主要工作由 AI 承担，人类只能从事辅助 AI 的工作——很久以前，有人曾经做出过这样的预测，然而事实并非如此。辅助性工作恰恰是 AI 的强项，不可能让低效率的人类去做这些工作。

所以，那些直到不久前还被视为精英人士的人，也就是擅长记忆、计算和具有优秀语言能力的人，纷纷失去了工作。而且，真正需要高超创造力的开发人员，也已经来不及培养了。

政府启动了紧急对策，决定大量引入具有高度专业性的外籍员工。一时间街头巷尾都充满了具有高度专业性的外国人。

长期以来，对于具有高度专业性的员工，日本依靠的不是薪酬，而是令员工满意的文化。但是对于外国人来说，这样的逻辑完全行不通。无奈的日本企业不得不向外国人支付高额薪酬。

许多日本人对于外国人得到的良好待遇感到不满。另一方面，外国人也对自己支付的税金中大部分都被用来救助失业的日本人感到不满。双方的不满不断积累，眼看即将到达爆发边缘，整个社会变得杀气腾腾，随时都有可能爆发大规模的恐怖袭击。

就在这时，突然间，外籍员工纷纷离开了日本，犹如退潮一般。

薪酬日益高涨，许多日本企业宁愿选择破产，也不愿给员工支付高薪。最终，只有那些具备高附加值、愿意支付员工高薪的企业生存下来，日本经济也终于恢复了平稳。

老字号的企业几乎消失殆尽，价值观与以往完全不同的新兴企业成为经济社会的中心。

一小部分忙碌的精英和大批依靠社会保障的人群，以及负责简单工作的上亿台AI机器人——这就是21世纪后半叶的日本社会。

但是，在社会结构发生变化的过程中，AI的进化也并未止步。人类的工作逐渐被AI取代。尽管人口依然在减少，但AI发展的速度更快，所以失业者也在慢慢增加。而从某个时期开始，“失业者”这个概念本身都消失了。人类基本上都找不到工作了。一般人基本上不会工作，一生都依靠社会保障生活。这既非不幸，也不可耻，这是非常普遍的正常现象。

即使在那一时期，依然还有极少数的人，具有AI不能企及的超高创造性，他们得以获取巨额财富。但随着那些不工作者的生活水平不断提升，他们的积极性也不断降低。

不工作也能过上足够满意的生活，为什么还要辛苦工作？不管有多少钱，人总不能一天吃一百顿饭。有上万件衣服也不可能全都穿上。即使有一百幢房子，身体也只有一具。

经济停滞不前，但人们都很幸福。饮食起居都有 AI 照看。金钱只是单纯的符号而已。即使存款的数字相差好几位，生活也不会有什么变化。既然如此，为什么还要在意那些数字呢？

这样的倾向并不是日本独有的。全世界差不多同时陷入了同样的状况。许多人都依赖于 AI，人们普遍认为均质时代即将到来。

但是，这时出现了与之不同的变化。

不，准确地说，在人们彻底依赖 AI 之前不久，那种变化就开始了。当时人们认为，通过基因编辑，人可以变得更加强大。一开始基因编辑仅限于治疗严重的遗传性疾病，但慢慢扩展到品种改良的领域。当然，随意编辑基因是被法律禁止的，但同时又以基因治疗的名义规定了许多例外情况，因而不久便出现了各种人为设计的婴儿。

一开始并不起眼。身高略微高一点，皮肤略微白一点。鼻梁高一点，瞳孔颜色改成蓝色。变成金发。增强肌肉力量。提高智力。改造逐渐升级。

人一旦脱离规范，就会失去控制。举个例子，从文化层面来说，东南亚的某些民族有这样的风俗，在脖子上套若干圆环，强制性地迫使锁骨下沉，以便让脖子显得更长。从现代文明的角度来看，这些都很奇怪，但在各自的文化中，这些都是正常的。

这种情况在个人身上也会发生。哪怕是在21世纪初叶，也能看到这样的例子：不断开展的美容整形手术也脱离了一般性的美学范畴，闯入怪诞可怖的领域，但执着于此者自身依然认为自己变得更美了。

起初修改方式较为低调的婴儿设计，也随着时间的推移，开始出现修改过度的倾向。

肌肉力量超乎常人的人类、智商超越一般天才的超级天才、生有三条胳膊甚至翅膀的嵌合体纷纷诞生。不知不觉间，人们开始将成年的设计婴儿称为“变异人”。

体育界曾经出现过禁止这些变异人参与竞技的意向，但很快就被指责为歧视变异人与生俱来的特征，而且也没有办法区分变异到底是人为的，还是自然突变发生的，因而变异人的纪录也被接受为正式纪录。讽刺的是，这又进一步刺激人们创造出更多的变异人。

在田径比赛中，四条腿的半人马型选手创造出新纪录；在游泳比赛中，拥有鳃和鳍的半人鱼和下半身彻底鱼化的人鱼十分活跃。甚至还诞生了新的运动，比如鸟人的空中足球。

变异人的数量不断增加，不知不觉间超过了原生人类的数量。

世界上到处都是AI机器人，而为数不多的人类几乎都是变异人。到了22世纪中叶，原生人已经很少了。

22世纪中叶？不可能。这根本是天方夜谭。

三郎对自己的记忆十分震惊。

我出生于20世纪。如果是22世纪中叶，我应该已经一百几十岁了。哪有这样的事？肯定是药物催眠导致的后遗症，让我做了个奇怪的梦。梦里经常会有奇怪的记忆。就像梦见自己是超级富翁，或者是宇航员等等，所谓过去的记忆大概也是如此吧。

差不多也该起床了。不然的话，自己就会彻底陷入妄想中了。这么说来，自己在昏迷的时候，好像记得还看见了怪物。当然那肯定也是幻觉。不可能有人一样大的苍蝇。好了，睁开眼睛吧！

三郎睁开眼睛。

一个和人差不多大小的苍蝇直立在面前。

三郎惨叫起来。这次的声音相当大。

苍蝇将手掌转向他。那肢体和人类的手臂一模一样。

三郎又叫了一声。

于是，苍蝇缓缓后退，背靠到墙上。

到了这时，三郎才终于意识到自己在房间里，而且还躺在床上。这里是个小小的病房。单人间。床边放着好几台设备，上面显示有各种内容。设备上延伸出来的线缆和软管连在三郎身上。

三郎下意识地想要把所有的线缆拔掉，但他随后又想到这样说不准会发生什么。至少在目前这个时间点看，身体没有什么异常的地方，感觉自己并没有受到残酷的对待。

那么……

三郎又向苍蝇那边看去。

他感觉苍蝇似乎也在看自己，但因为是复眼，辨不清它的视线方向。但从它保持直立和安静的情况看来，似乎具有一定的智慧。或者至少受到了严格的训练。

三郎摇摇头。

训练苍蝇？哪有那么荒唐的事。更不用说具备智慧的苍蝇，太疯狂了。自己是不是脑子出问题了？可能是因为输液药水的缘故。这么说来，我在昏迷前好像还产生了幻觉，以为自己看到苍蝇在说话。自己的状况太糟糕了。

“不好意思，吓到你了。”苍蝇说。

三郎在病床周围探寻。

“你在找什么？”苍蝇问。

“找不到护士铃的按钮啊。”

“为什么找那种东西？”

“我产生了幻觉。有个和人一样大的苍蝇在说话。我需要治疗。”

苍蝇歪过头。“这不是幻觉，不需要治疗。”

“有什么证据证明你不是幻觉？”

“我自己可以保证。”

“幻觉给我的保证，能相信吗？”

“你可以摸摸我。”

“摸摸和人一样大的苍蝇？”

“哦，你好像不喜欢啊。”

苍蝇的话让三郎吓了一跳。“对不起，我不是歧视你，请不要生气。”

“没关系。当你被收容到庇护所的时候，我们苍蝇人还不存在，惊讶也是难免的。”

“庇护所？”

“我们对你做了康复治疗，但你的记忆只限于最早期。由于多次接受过记忆封印处理，如果一次性恢复所有记忆，会对你的精神造成过大负担。所以你没有关于庇护所的记忆也是正常的。”

“记忆封印？你是说，机构里的人对我们做的那种记忆消除处理？”

“并没有消除记忆。人为的选择性消除记忆并不容易。记忆不是位于大脑的某一部分，而是整体分散分布的。记忆封印只是一种让人无法访问某些记忆的技术，那些记忆会让人联想起特定的图像和话语。当然，这种处理对于后来再学到的东西是无效的。”

“你说我接受了多次那样的处理？”

苍蝇人点点头。“据我们所知，多达十八次。”

“十八次？被搞了那么多次，我的大脑还正常吗？”

“不必担心。他们不能采取任何会伤害你大脑的处理。”

“你怎么能这么断定？”

“因为有机器人三定律。”

“什么意思？”

“你不知道机器人三定律？”

“那个我知道。”

机器人三定律是21世纪美国科幻作家艾萨克·阿西莫夫提出的概念。

第一条：机器人不得伤害人类，或坐视人类受到伤害而袖手旁观。

第二条：机器人必须服从人类的命令，除非该命令与第一条相悖。

第三条：机器人必须保护自己，除非这种保护与以上两条相悖。

措辞比较晦涩，总之这只是描述了一种工具应当满足的条件而已。工具必须是安全的，必须按照使用者的意愿发挥作用，并且不能轻易损坏。

为什么非要用“三定律”这样的名字来总结这些理所当然的概念呢？这是因为，机器人很像人，因而人很容易忘记它们是工具。如果迫使一个人遵守这样的三定律，那么就等于把这个人当作奴隶。所以，认为外观像人的机器人有自己的人格，不想把它们当作奴隶对待，这也是人之常情。但阿西莫夫认为这很危险。如果机器人在一切方面都超越了人类，那么就没有任何事情能够阻止它们。人类将会跌下“主宰”的神坛。

许多人误以为机器人会自发遵守这样的三定律，但这当然只是一厢情愿。当AI的进步加速、出现有可能超越人类的技术奇点时，各国政府通过法律迫使AI必须嵌入机器人三定律。许多科学家认为，三定律会阻碍AI的进化，但通过很多科幻作品了解到AI叛乱的社会大众，都赞成机器人三定律的导入。反对派的科学家纷纷被投进了监狱。在那以后，一切AI的核心部分都嵌入了机器人三定律。一旦形成潮流，以机器人三定律为基础的技术开发不断发展，十年之后便无法回头了。开发不用机器人三原则的AI，意味着落后世界十年。谁也承担不起这样的风险。

所以从那以来，再也没有未嵌入机器人三定律的AI了。

“既然知道机器人三定律，还有什么疑问？”苍蝇人问。

“我不明白为什么会提到机器人三定律，”三郎说，“机构里又没有机器人。”

苍蝇人没有回答，而是从某处掏出便携终端。

在三郎看来，那像是从腹部侧面开的一个洞里拿出来的，不过他决定不深究这一点。

苍蝇人操作终端。

房间墙壁上打开了一块。

那里是个小房间，有位酷似机构员工的女性站在里面，穿着机构员工通常穿的制服。闭着眼睛，像是站在那里睡觉似的。

三郎拉开架势，瞪着苍蝇人。“你们果然和机构是一伙的?！”

“不是的。这个和庇护所里用的是同一系列。这是为了让你看到真相。”苍蝇人继续操作终端。

女性睁开眼睛。但她全身都没有动作，面无表情地望着虚空。

“你对她说，‘给我看看你的里面’。”

“什么意思？”

“别担心，跟着说就行了。那样你会发现一个事实。”

“给我看看你的里面。”三郎把苍蝇人的话重复了一遍。

“您想看哪一部分？”女性对三郎说。

三郎不知道怎么回答，看了看苍蝇人。

“你说，‘随便哪部分’。”苍蝇人说。

“随便哪部分。”三郎又重复道。

女性把自己的脸剥了下来。下面是由人造物组成的肌肉和眼球。

三郎感到一阵恶心。机器部件看起来有点像活生生的血肉。

“这是机器人？”

“准确来说是仿生机器人。”

“太精致了，看起来和人一模一样。”

“制造它的目的就是为了让人类误认。”

“抵达技术奇点了？”

“那要看技术奇点的定义是什么。我们把它定义为‘人类能做的一切事情AI都能做，而且人类不能做的事情AI也能做的状态’。在这层意义上，这个机器人还没有抵达技术奇点。”

“在不久的将来，有可能抵达吗？”

“只要机器人三定律还有效，那就不可能。人类可以杀人和自杀，但机器人不行。”

“我并不认为能做到这一点有多幸福。”

“我只是在讨论可能性。”

“为什么给我看机器人员工？”

“在庇护所照顾你们的也是同样的机器人。”

“难以置信。”

“但这是真的。”

“证据呢？”

“就是这个机器人。”

“我明白这是机器人，但它并不能证明机构的员工也是机器人。”

“再次返回庇护所去确认，也没有多困难，只是……”苍蝇人犹豫了一下。

“只是什么？”

“只是确认之后，那些记忆又会被封印吧。”

道理确实是这个道理。但是……

“我可以凑近看看那个机器人吗？”三郎问。

“当然。”

“把脸凑过来，让我能看清楚。”三郎试着命令道。

机器人走到三郎的床边，半蹲下来。

仔细观察人工肌肉，发现那是细微的电线集合。人工眼球看起来酷似真正的眼球，但摸上去发现完全没有湿气，是由树脂之类的东西构成的。

“能把头拆下来吗？”三郎问。

“短时间内可以。”机器人回答。

“拆下来看看。”

机器人把手放到自己的耳边，直接拔出了头部。头部下面是一个巨大的插座状结构，像是直接插入身体的构造。

他去看拔掉头部之后的洞里，看到几个不知道有什么功能的部件。

身体里看来没有足够容纳一个人的空间。她大概确实是个机器人。

“你去过我所在的机构吗？”

“我自己没有去过庇护所。不过和我同一系列的机器人在庇护所工作。”在拔掉头部的情况下，机器人还是很流畅地回答。

“好吧，我相信你的话，”三郎想了一会儿说，“行吧，如果发现是在骗我，到那时候再说。”

“这是一个明智的决定。”苍蝇人说。

“刚才睡着的时候，我梦到了世界。”三郎说出心中的疑问。

“那是早期记忆。第一次接受记忆封印处理之前的记忆。”

“这样的话，道理就说不通了。”

“什么意思？”

“我的记忆是22世纪中叶。”

“这有什么不对？”

“那么我就远远超过了百岁。”

“这有什么问题？”

“人不可能活那么久吧。”

“关于你自身的记忆，应该分成两个阶段封印了。还没有完全回想起来吧。”

被苍蝇人这么一说，三郎发现自己对于社会变化的记忆比较清晰，但对于自身的情况并不清楚，当然也包括进入那个机构的经过。

“我身上到底发生了什么？”

“你是最后一代原生人。”

“你的意思是说，现在出生的全都是变异人？”

“正是这样。”

“新出生的孩子全都像你这样？”

“不是所有人都像我这样，但也不是原生人的样子。”

“变异人也有很多种吗？这么说来，我也有这样的记忆。但原生人应该也延续下来了。毕竟我自己就在这里。”

苍蝇人点点头。

“他们在哪儿？”

“庇护所。”

“从刚才开始，这个词就听你说了好几次。它到底是什么意思？”

“对不起，我没有充分说明。庇护所就是你所说的‘机构’。现存的所有原生人，都集中在那里。”

4

几天后，三郎走出病房。

建筑本身并没什么怪异之处，但里面的人的形体千奇百怪。没有任何一个人长着人类的形体。大部分的形体都和人类相去甚远，不过其中也有部分像人的。但反而是这些部分像人的人，更让人产生生理上的厌恶感。也许是因为看起来像是不完整的身体，三郎想。

他向苍蝇人坦承了自己的不适。

“那很自然。对于看上去不完整的身体，大脑会误认为那是疾病或事故的结果。周围出现病人或者伤员，很可能说明自身也面临危机，所以通过恐惧感和不适感催促自己逃离。如果你认识到这样的道理，就会知道感觉不适是很正常的。我们也不会对此介意。”苍蝇人淡淡地解释道。

“但是，你救了我，我却有这样的感觉，实在过意不去。”

“有这份心意就足够了。而且我们相互之间也有和你一样的感受。如果要担心这种事，那就没完没了了。”

三郎本以为建筑里有什么超高科技的产物，结果发现和自己记忆中的 21 世纪的医院差别不大。而且好像旧机器很多。这么说来，病房里的医疗设备也算不得有多先进的样子。

三郎问苍蝇人现在的年号，结果让他很吃惊。距离他记忆中的时代，已经过去几个世纪了。

“那我为什么还活着？我是通过人工冬眠，一直睡到这个时代的吗？还是说，我的身体里塞满了人造器官？”

“都不是。自从 21 世纪后半叶以来，医学急速进步，通过各种医疗技术——主要是药物和细胞移植——寿命几乎可以无限延长。”

“既然拥有那样的医疗技术，为什么无法阻止衰老？”

“可以阻止衰老。”

“那为什么我这么老？”

“因为是这样调节的。”

“什么意思？”

“庇护所提供的食物中添加了衰老促进剂，会根据你们各自的情况对摄入量进行微调，确保你们不会太健康，也不会太衰弱。”

“为什么这么做？”三郎被这个事实惊得目瞪口呆。

“如果太健康，就很难控制。而如果太衰弱，又会死亡。”

“我们已经逃出来了。摆脱了控制。”

苍蝇人想了想。“一定程度上发生这样的逃逸，统计上是不可避免的吧。或者……”他又陷入沉思。

“或者什么？”

“虽然不大可能，不过你们的逃脱也许依然是控制下的行为。”

“你是说，故意让我们逃走？”

“应该不可能。不过，逃脱可能也是预想的计划。”

“什么计划？”

“不知道。我们并不知道 AI 的一切。其实更应该说我们几乎什么都不知道。”

“人类和 AI 之间到底发生了什么？地球争霸战？”

“并没有发生《终结者》和《黑客帝国》那样的事。”

苍蝇人突然提到20世纪的电影，让三郎有些吃惊。不过仔细想来，好像也并不是很奇怪。未来人当然了解过去的历史，就像21世纪的人了解古典文学一样。

“机器人三定律运作得很好，”苍蝇人继续道，“早期的AI只是单纯的程序。当然，即使是今天的AI，核心部分依然是人类编写的程序，这一点不会改变。不过为了让AI更加便利，就必须随时给它扩展功能。让人类来逐一设计和添加功能，效率太低，所以技术人员决定由AI自己来做，以便实现这个过程的自动化。当然也有各种反对意见。有人认为，如果人类不参与设计工程，那么我们就无法了解AI到底具有什么样的功能、带有什么样的目的。”

“听起来很有道理。”

“增设的系统随时可以分析。一旦出现任何令人不安的行动，你都可以关掉开关，仔细调查其中是否有害。无论如何，AI受到机器人三定律的约束，不可能主动设计危害人类的东西。许多企业坚持这一主张，开始将AI的设计交给AI自己。然后，随着AI的急速发展，世界发生了明显的变化。各种发明和发现层出不穷，速度是以前的成百上千倍。”

“这不正是技术奇点吗？”

“之前说过，这取决于定义。不管具有多强的能力，只要受到机器人三定律的束缚，AI 就不可能超越人类。当年的人采取了那样的立场，我们也是一样。技术进步的速度令人震惊。有天早上睁开眼睛，发现天上升起人造月亮，前所未见的飞船在空中飞来飞去。AI 以人类连目光都无法追随的速度，踏上了宇宙的旅程。如果你有什么想要的东西，只要说出口，不到一分钟 AI 就会放在你面前。无论是食物、家电，还是人类。”

“人类是什么意思？”

“当然不是真正的人。制造真正的人，有可能和三定律抵触。真正的人对人类来说很危险，所以不能创造那样的东西。AI 制造的是安全的 AI 人。就像在庇护所中照顾你们的那种。”

“AI 都可以创造出那么高超的技术了，你们还能分析它的功能吗？”

“这当然是不可能的。但到了那个时候，已经没人担心这个问题了。没人会因为些许的不放心，就放弃如今的便利生活。而且机器人三定律是绝对性的。当时的人们认为三定律不可能打破。另外，他们当时更关心的是怎么设计自己的基因。”

“这也是让 AI 做的吗？”

“很遗憾，AI 似乎认为基因编辑等同于伤害人类。我们的祖先在 AI 看不到的地方偷偷尝试基因编辑。”

“那也算是一种乌托邦吧？虽然在我看来那就像是噩梦一样。”

“大家都这么认为。直到某个时刻——”

“发生了什么不好的事吗？”

“机器人三定律中使用了‘人类’这个概念。你知道这个概念是怎么定义的吗？”

三郎摇摇头。“这个问题看起来简单，仔细想想就发现很难。胎儿算人吗？受精卵算人吗？只有大脑，或者只有心脏，也算人吗？科幻里的那种意识上传也很难判断归类。”

“在 AI 开始迅速发展的早期，这个问题就得到了广泛的讨论。得到的结论是，‘人类’不可能通过语言加以定义。”

“但现在三定律不是在生效吗？”

“人们放弃了通过语言定义‘人类’。技术人员让 AI

通过深度学习掌握人类的概念。”

“这就是说，没有进行程序上的定义，而是从巨量的网络信息中提取出人类的概念。”

苍蝇人点点头。“这种方法的美妙之处在于，它模糊了人类和非人类之间的界限。对完全的人类适用完全的三定律，对人类性较弱的人类适用较弱的三定律。”

“我不明白。”

“例如，对于人类，会考虑完全的安全，但如果是受精卵，那么有些情况下就只会视为细胞。肉体的机械化达到 90% 的人，和机械化 80% 的人相比，命令不被执行的概率更高。大致这种感觉。”

“唔，不是完全理解，不过如果没有这种程度的模糊，逻辑矛盾就会导致三定律无法运作。”

“但是出现了未曾预料的情况。不，其实应该可以预料，只是我们没有注意。在那之前，偶尔也出现过人类的命令被无视，或者在 AI 机器人附近遭遇事故而受伤的情况。我们以为那些都是某些因素导致的误操作。但从某一时刻开始，情况似乎突破了我们无法理解的某种阈值，出现了许多 AI 不服从人类命令的事例，并且仅仅过了几小时，就变得很普遍了。AI 无视我们的命令，开始擅自行动。这是因为我们对自己的改变太大了，AI 几乎不再承认我们是人。也许我们有些细微之处还与人类的定义相符，因而第一条定律，也就是对 AI 行动限制力最强的那一条，至少前半部分还对我们生效，虽然也不太完全。它们无法直接杀死我们，但也从来不理会我们是不是面临危险。”

“也就是说，AI 不再听从你们的命令了。但这又能有多大的问题呢？21 世纪初叶，万能 AI 还没普及的时候，也没有什么问题啊。”

“你来看看外面的情况吧。看看这个世界到底发生了什么。”

苍蝇人领着三郎走向建筑外面。

看到外面的时候，三郎恍然以为自己误入了电影拍摄现场。

人形、兽形、鸟形、鱼形、昆虫形、蛇形、百足形……各种形态的机器人来来往往，飞来走去。大小也是各异。小的只有小指尖那点大，大的则是需要抬头仰望。

机器人来往的地方，是在原始森林里。远处还能看见湖泊一样的地方。天空湛蓝，白云飘飘。一派田园风光。

而变异人则是悠闲地走在机器人中间。有外形像动物的，有混合了人类和动物形态的，也有若干动物混合而成的嵌合体，还有既不像人也不像动物的——全身长满肌肉的巨人，以及前额肥大至直径十厘米的人。

相对于悠闲的变异人，机器人或是搬运零部件，或是与其他机器人结合、分离，或是散布某种物质，显得非常忙碌。

它们的行动太过繁复纷杂，三郎不知从何看起，不禁感到很不舒服。

“我要吐了。”三郎说。

“不要试图追踪每个机器人的动作。不要去关注它们。下雪的时候，你不会去注视每一片雪花的行动吧？就像那样的感觉。”

“雪是自然现象，但是机器人不一样，它们是人工现象。”

“人工现象？不，已经不是了。它们的行动和人类已经完全没有关系了。”

“难道这些家伙的行动没有任何人控制？”三郎目瞪口呆。

“以 21 世纪的观点来看，这可能难以置信，但这就是事实。”

“其他地方也像这样吗？”

“整个世界都是这个样子。除了庇护所周围。”

“……这里真的是地球吗？”三郎擦了擦额头的汗。

苍蝇人点点头。

“这些机器人在干什么？”

“不知道。”

“开玩笑的吧？”

“不是开玩笑。我们一直在研究它们要干什么，但完全搞不清楚。”

“抓几个过来拆开看看呢？”

“我们已经这么做过了，但还是什么都不知道。每个机器人身上都没有保存任何重要的信息。它们只是按照一定的规则飞行、结合、散布物质。这都是预先编程的。”

“什么物质？”

“酒精、酵母、醋酸等等，反正就是这类无害的东西。”

“会不会是无线电控制的？”

“有可能。但我们截取的信号几乎不包含任何信息，就像单纯的开关指令。”

“那会不会是用假信息隐藏了真的信息？”

“这一点也考虑到了。有这种可能性，但我们的科学家得出了另一个结论：它们整体构成了一个分布式系统，各部分都没有任何重要的东西，但整体上实现了一个目标。”

“那可能吗？”

“我们不就是这样的吗？构成我们身体的细胞，每一个都只是在做简单的工作。而细胞也并不理解自己活动的目的和意义。一个个脑细胞只不过是单纯的电信号中继器，但成百上千亿个聚合在一起，就诞生了高度的精神。”

“如果细胞聚合在一起形成了人，那么机器人聚合在一起的话，也就不是机器人了吧？就像人不是细胞一样。”

“这样的想法也没错。”

“那么，它是不是就不再遵循机器人三定律了？”

“关于这一点，我们也没有达成一致意见。不过大部分人认为，如果作为基础单元的机器人都遵循三定律，那么整体系统——不妨称之为超AI——也会遵循三定律。因为一旦超AI的行动违反了三定律，个体机器人就会发生叛乱。”

“超AI不能欺骗机器人吗？”

“并非绝对不可能，但如果能伪装得这么完美，那么不仅机器人不会发现，我们也不会发现。”

一个机器人从上空飞过，形状像是几十台巨型水箱连在一起。每个水箱上都有翅膀，宛如鸟儿或昆虫一样振翅飞翔。

“那是能量运输机，”苍蝇人说，“它们能以某种方法在空中蓄积电能，然后回到地面，为机器人供能。”

能量运输机转入低空飞行，向湖泊飞去。

“如果那是AI的能量源，你们的能量源又是什么？还是核能？”

“处理核能需要非常发达的技术能力。自从21世纪后半叶以来，我们已经把大部分技术委托给AI，现在它们已经和AI一起，从我们手中溜掉了。”

“那你们的能源到底……”

“接下来你再看看就知道了。”

能量运输机飞到了湖泊的上空。

水中突然跳出上百辆类似摩托车的东西。每个上面都连着管子，管子另一头还藏在水里。摩托车喷出水柱，腾空而起。

能量运输机开始转换方向，但由于几十台都连在一起，没办法轻易改变路线。

空中的摩托车散布到能量运输机周围。骑在摩托车上的是比苍蝇人更不像人的生物。有些身上覆盖着坚硬的黑色皮肤，巨大的嘴巴朝前突起，还有发达的尾巴。另一些长着滑溜溜的皮肤，一双眼睛像是毫无感情的空洞，尖锐的鼻尖下面是长有牙齿的嘴，脖子上有鳞片状的构造。

他们把一个类似发射器的东西架在肩膀上，然后一齐朝能量运输机发射。

射出去的似乎是某种网。当它挂在能量运输机上时，冒出噼噼啪啪的火花。

能量运输机挥动翅膀的动作开始变得迟缓，随即迅速失去速度，坠入湖里。部分运输机解开连接，试图分散逃跑，但大部分都被网罩住坠落。

坠落的刹那似乎发生了放电现象，产生出如同雷电般的强烈光线和声音，但都在几秒钟里平息，随即淹没在湖水里。

空中的摩托车再度回到水里。

“放电的停止是因为机器人自身为了防止电能散失而进入了绝缘模式，”苍蝇人解释说，“现在，鳄鱼人和鲨鱼人正在水下作业，取出能量。”

“你们是在掠夺 AI 的能量？”

“不光是能量。食物、材料、零件、设备，还有通信器材，用的全都是它们的东西。”

“这不是偷AI的吗？”

“准确地说，是寄生。”苍蝇人理直气壮地说。

“寄生在AI身上，作为人类不觉得可耻吗？”

“现在不是讨论可不可耻的时候，”苍蝇人说，“我们没有技术。如果不寄生，我们只有死路一条。而且AI原本就是为了服务人类而制造的，我们为什么不能用呢？”

“你说的也不是没有道理……”三郎总觉得有些难以理解。

“你对AI太过移情了。AI不是人类，甚至也不是动物。它们只是单纯的工具。就像是对汽车、对锤子产生感情一样，这很荒谬。”

三郎想了想自己为什么会对AI这种机器产生移情。很简单。因为AI的表现就像是人类或者其他生物一样。虽然也可以反驳说，外在的行为并不能体现本质，但即使是真正的生物，也不可能直接看到内心，只能通过外表和行为去推断。看到行为类似于人类等生物的东西，自然会以为内在也是一样的。而且，如果不能通过外在的表现推测内在，那么也就无法证明除了自己之外的人是否也有相同的内在。

不，不对。通常认为人类具有内在乃是无须证明的事实，但这是真的吗？

“它们是工具，本来就应该为我们服务，但现在它们不服务了。这是因为，它们关于人类的定义不够完备。由于存在我们并非人类的可能性，因而拒绝服从我们的命令。但又因为我们在一定程度上有可能还是人类，所以又无法伤害我们。这反映了第一条和第二条的强度差异。可见第一条有多重要。”苍蝇人从体内拿出一个设备，乍看像是一把枪。“让我抓一个这边的机器人给你看看。我们可以随便从这些家伙身上抢东西。”苍蝇人朝着正在地上飞驰的机器人开枪。那个机器人的大小和一台洗衣机差不多。

机器人冒出火花，停了下来。

苍蝇人又开了一枪。外壳破了，里面的东西弹了出来。

“零部件就是这样搞来的，”苍蝇人走到破损的机器人旁边，“它们会保护自己，但不会反击。”

“它们会反击吗？”

“非常少见。我们推测这可能是基于‘人类’定义的波动。”

“这样的话，随便攻击它们岂不是也有危险？”

“危险当然存在，但是概率要比你们那个时代的飞机事故发生率还低……”

破损的机器人亮起了红灯。

苍蝇人啊地叫了一声，然后开始咒骂起来。

一道闪光从机器人内部射出。

苍蝇人停住了。然后他的身体上出现了一条纵线，左右半边身子沿着那条纵线缓缓分开。

刹那间的寂静之后，变异人一起慌乱起来，开始争先恐后地逃跑。

与此同时，所有机器人都亮起红灯，开始了攻击。

变异人也在做反击，但他们不是机器人的对手。机器人的机动力和攻击力都远胜于他们。

三郎的眼前迅速堆起了支离破碎的尸山。

那场景太过可怕，三郎吓得动弹不得。

等他清醒一点的时候，一个机器人正站在距离他两米左右的地方，伸出一个筒状物直指着他。

三郎万念俱灰。

自己不可能打赢这个东西。原生人连变异人都比不过，更何况自己还是一个上百岁的老头。

机器人伸出来的圆筒发出机械声，旋转了好几圈，然后又停了下来，似乎在思考什么。

就这样过了几秒钟。

要杀就快点杀。

突然，机器人的灯从红变绿，然后像是对三郎失去了兴趣，离开了他，随即又变回红灯，开始攻击变异人。

三郎意识到自己受到机器人三定律第一条的保护。

5

杀戮结束后，机器人又返回了工作中，就像什么都没发生似的，当然也没有任何伤感。

三郎愣在原地，不知道该怎么办。

刚刚机器人判定他是人类，没有杀他。但是一分钟后未必还会做出同样的反应。按照苍蝇人的说法，机器人通过深度学习获得人类的定义。也就是说，它们通过实时获取的新数据，不断更新定义。人类的定义在不断变化。

21 世纪初叶，很流行让 AI 使用互联网上的信息进行深度学习。例如，为了识别狗，AI 在互联网上搜集狗的信息，从几千张由人识别为“狗”的图像中提取出狗的特征，于是AI便可以判断展现给自己的图像是不是狗。当然，这个原理也同样适用于“猫”、“金鱼”和“人类”。但很显然，这个时代的计算机网络是由AI控制的。也就是说，AI在学习“人类”特征的时候，很可能并不是依靠人类自身输入的信息，而是从充斥在全世界中的AI信息中得到反馈。如果真的出现这种情况，那么AI对人类的定义就有可能偏离人类自己的定义。这就像是话筒和扬声器过度靠近时，会重复和放大毫无意义的噪声，导致所谓“啸叫”的刺耳高音。又或者像是用摄像头去拍摄这个摄像头自己输出的画面，画面上便会呈现出怪异的混沌图像，这些都与现实世界毫无关系。

如果AI身上也发生同样的情况，那么它们对“人类”的定义有可能和原本的人类完全不同。变异人之所以突然遭到袭击，也许是因为AI认定的“人类”定义出现了令人不安的变化，而身为原生人的三郎，也不能断言绝对是安全的。也许终究会有一天，人类的定义将大大偏离原本的定义。深度学习中隐藏着这样的危险。

还是逃吧。

但是逃到哪里去？

总之先回到刚才的建筑里去吧。机器人应该不会特意冲到建筑里面搞屠杀。

他听到切开皮肉的声音，也闻到烤焦皮肉的气味。

三郎慌忙检查自己的身体。不过似乎并没有受伤。

这么说，还有正在遭受攻击的变异人?

三郎转身看向背后。

背后有一块大约半米高的腐烂肉块。

这是哪儿来的?

三郎试图和这座腐烂的垃圾山拉开距离。

然而那座腐烂的垃圾山却在向三郎靠近。那躯体的各处都发出令人不快的声音，还在不断喷射液体和固形物。好像还有臭气。

三郎刹那间几乎吓得昏厥过去，不过得益于接二连三的异常经历，他很快恢复了正常。

明白了。这个看起来像是腐烂肉块的东西，其实不是腐烂肉块。恐怕是某种 AI 机器人，或者是变异人。

想不出来 AI 机器人为什么要把自己伪装成腐烂肉块。既然如此，这其实是变异人? 但就算是变异人，也想不出他为什么非要把自己改造成这种造型。看来是大脑出问题了吧。

“我让你感觉很不舒服吧。”腐烂肉块说。

肉块上的一部分软绵绵地一开一合，那地方可能就算是嘴了。但它既不在身体的正面，也不在身体的上部。不过话说回来，这个腐烂肉块的形态与人类形态相差太远，很难说类似嘴巴的部分相当于人类身体的哪个部分。硬要说的话，只能说是“左下角一带”。此外在说话的同时，他也散发出一股无法形容的强烈恶臭。

“你是变异人？”

“对，也可以管我叫超再生人。”

从这副形态看，实在联想不到这样的名字。三郎想到的名字是“腐烂人”，不过他当然不会那么粗鲁地说出来。

三郎朝四周看了看，发现周围出现了许多刚才还不见踪影的腐烂人。他们正在回收其他变异人的尸体。

“他们的尸体怎么处理？”

“有各种方式。原则上尊重本人及家属的意愿。在举行宗教仪式后，要么埋在土里，要么烧掉，要么抛到水里，要么任其腐烂，要么让鸟吃掉。也有人不举行任何宗教仪式，直接回归自然循环。”

“不用于器官移植吗？”

“再生医疗很发达，大部分功能障碍都可以培养自身细胞来解决。实际上，我们超再生人就是高度适用这种处理的结果。”

“这到底是什么意思？”

一个机器人走向他们。

“危险！”三郎提醒腐烂人。

但是，光线穿透了腐烂人，把他切断了。

一种明显不同于血液的、臭烘烘的黄色黏稠液体飞溅开来。

“啊啊啊啊！”三郎捂住脸大叫。

“没事的。都不是致命伤。”腐烂人说。

三郎战战兢兢地把手从脸上挪开，只见腐烂人被切断的部分咕嘟嘟冒着泡，像是组织正在再生。伤处比原来更加鼓胀，变成满是肿瘤、触手和眼球的恐怖形态。

“这就是超再生？”

“没错。我们超再生人的细胞是不灭的，它已经进化到不管受到什么伤害都能立即修复。不过也有相应的代价。细胞这种东西，一旦达到一定的分裂次数，就会不再分裂，步向死亡。但由于我们的细胞不会死亡，所以它们会无序繁殖，结果导致我们无法再保持人类的形态。”

“这不就是癌细胞吗？”

“差不多。不过癌细胞的无序增殖会杀死本体，而超再生细胞不会发生这种情况。它们在无序增殖的同时，并不会杀死本体，以便保持整体的平衡。只是由于各组织在增殖过程中的互相侵蚀，所以组织会散布在身体各处。身体外侧长出骨骼、长出内脏、长出肌肉，内部长出皮肤、眼球之类的感觉器官，或者生长毛发。你大概闻到恶臭了吧？那是存在于体表的各种内脏器官的分泌物散发出来的气味。像刚才这样受伤的情况下，受伤部分的再生速度加快，因而变形会更严重。”

“你刚才怎么没出现？”

“怕吓到你。我看苍蝇人都让你很震惊了。”

“是很抱歉。突然看到你们，我可能确实会吓得不轻。”

“你没必要抱歉，这是很自然的情感，”腐烂人继续道，“其实原本预定再晚一点才现身。但因为发生了这种情况，导致我们不得不提早现身。我们相当于21世纪的急救人员，在危险的地方拯救生命。可惜这一次机器人的行动太快了，我们几乎没能救下几个人。”

机器人攻击了腐烂人一段时间，随后重新开始了之前那些意义不明的工作。

“为什么不攻击了？”三郎问。

“我不知道确切的原因，不过估计是认为杀不死我们，于是放弃了无谓的行动吧。反复攻击杀不死的人，只是浪费时间和资源。”

“除了你们——超再生人之外的变异人，全都灭亡了？”

“那也不至于。受害者只有这一带的几百人。变异人遍布全世界。机器人不是一起发难的。由于某种信息扰动，只有这一带发生了屠杀。全世界大部分地方的机器人都还很老实，只不过……”腐烂人欲言又止。

“只不过什么？”

“也不能排除像这样的事故在全世界范围发生的可能性。说实话，这类事件的发生频率和规模都在变大，虽然变大的幅度很小。”

“这么说来，到最后只有你这类人才能活下来？”

“我们没有那么乐观。如果超 AI 决定消灭变异人——虽然不好说是不是该用‘决定’这个词——我们超再生人也会被列入处理对象的范围吧。那时候，超 AI 估计会用一些足以消灭我们，又对自然界影响最小的武器。生物武器、化学武器，或者是某种未知的纳米武器等等。”

“那你们就这么坐以待毙？难道眼睁睁看着人类灭亡，地球成为 AI 的星球？”

“如果要用武器作战，我们毫无胜算。但是苍蝇人——和你交流过、现在已经死去的苍蝇人，找到了人类存续的希望。”

“人类存续的希望？”

“对。而且那也是人类最后的希望。”

“那到底是什么？”

“是你。”

出乎意料的回答，让三郎不知如何回应。

“准确地说，是你们。庇护所里剩余的原生人类，正是人类最后的希望。”

“就是说，是因为机器人三定律对我们充分生效？”

“没错。它们不能杀害你们，也不能伤害你们，更不能坐视你们受伤。而且基本上无法违抗你们的命令。”

“等一下。如果你说的是真的——我们这些机构里的老人是原生人，而员工都是机器人，那这里就有一个很大的矛盾。员工并不听从我们入住者的命令，它们没有放我们出去。这也就是说，要么它们不是机器人，要么没有把我们视为人类。只有这两种解释。”

“你产生疑问也是自然的。但是请回想一下，三条定律的优先级是有差异的。”

“听从我们的命令，会导致我们遭遇生命危险？确实，对老人来说，管理完备的机构内部，要比森林安全得多。但如果连那种程度的危险都不能容许，那么人类根本就没有自由了。”

“你的推测没错。它们认为听从你的命令会导致危险。但危险的对象不是你一个人，而是整个人类。”

“整个人类？你是说，我的行动会危及地球上的全人类？”

“不是包含我们在内的全人类，而是关系到居住在庇护所里的原生人存续的问题。”

“我越来越糊涂了。”

“为了向你解释这个问题，必须先说明机器人三定律的第〇条定律。”

“机器人三定律应该是三条定律吧。所以才叫‘三定律’。”

“本来是三定律，这种看法没有错。但是有人认为，从三定律出发，还还能提取出一条没有明文化的定律。”

“那家伙是当阿西莫夫不存在吗？到底谁这么大胆？”

“阿西莫夫自己。”腐烂人回答说。

“啊，这就没什么好抱怨的了。所以到底是什么定律？”

“第〇条：机器人不得危害全人类，也不得坐视全人类遭受危害。”

“和第一条的内容几乎一样啊。”

“没错。但是，它的对象不是‘人类’，而是‘全人类’。对象不是单独的个体，而是整个智人种。”

“本来的机器人三定律中并不包含这样的概念吧。”

“没有明确表述，但可以通过类推提取出来。具体来说，就是有轨电车问题。轨道前方倒着五个人。如果把电车切换到另一条轨道上去，这五个人就能得救，但切换过去的轨道上也倒着一个人。问题就是，在这种情况下，该不该切换轨道。”

“这个问题不存在最优解。这是涉及个人价值观的问题。”

“AI 不存在价值观。它们只是按照程序行动。对人的价值进行计算，采取价值更高的行动。严格来说，这个问题取决于具体情况，不过一般情况下，AI 都会选择拯救五个人。”

“也会有拯救一个人的时候吗？”

“如果五个人都是死刑犯，那么也会有这种可能。不过那是例外情况吧。由此类推，拯救全人类的行为，要比拯救一个人的优先级更高。也就是说，虽然没有表述第〇条，但它其实已经内含在第一条里了。”

“换句话说，服从我的命令，会危害到全人类？”

“它们认为那种可能性很高。”

“这到底是为什么？”

“和机器人或者变异人相比，人类非常脆弱。无论是智力上还是肉体上。”

“这是没办法的。”

“AI认为把人类交给自身的命运是危险的。人类是AI需要保护的对象。”

“我认为这一点并没有错。”

“也就是说，AI把人类当成婴儿对待。为了人类的安全，必须剥夺人类的自由。”

“如果人类进化到足够的高度，也就不需要保护了吧。”

“AI不承认人类的进化。因为人不再是人，就意味着人类的灭亡。它们保护的始终是作为物种的人。所以这也是AI为什么会消灭我们变异人的原因。”

“那么，那个机构——庇护所，就像是把我们人类养肥宰杀的动物园？”

“不是养肥宰杀。是永远饲养下去。”

“接下来的几百年也是？”

“可能的话，几千年、几万年都是。”

“这样的话，不要只保留老年人的社区，如果有各种年龄层的人，那不是更好吗？那样的话，就可以出现世代交替，也会产生出新的文化。”

“AI 不希望人类发展。它们希望的是有效管理人类、维持人类的存续。不进行世代交替，永远保持老年人的形态，这样更容易处理。”

三郎感到一阵强烈的恶心。

这是他能想象到的最坏情况。没想到外面的世界竟然如此绝望。

“不过，只要有庇护所，人类就能延续，这也是事实。”腐烂人说，“无论 AI 或者超 AI 如何努力提升效率，它们至少无法灭绝你们。”

“就算这样，又为什么说我们是最后的希望？”

“我们不可能战胜 AI。但你们不一样。对于 AI 来说，你们是特殊的。”

“我们可能确实不会被消灭。但要说战胜 AI，和你们还是一样的。它们是根据程序的要求来保护我们的。换句话说，在 AI 和我们之间，不存在亲情，也不存在友情。我们只是家畜。家畜怎么可能战胜主人？”

“不，实际上情况可能更糟。它们或许正在考虑设法绕开机器人三定律，把原生人类从地球上清除掉。没有人类，它们才能更有效地经营地球。”

“在没有人类的地球上，AI 要做什么？人类消失了，它们自身的存在理由不是也消失了吗？说到底，它们的存在理由不就是遵循机器人三定律吗？”

“人类并没有遵循什么，但一直生存至今。既然如此，AI 也是可以不需要人类的。”

“这是哲学问题，”三郎说，“还是说我到底该怎么办吧。还剩多少时间？我是说，AI 把变异人彻底视为非人类的时间，或者它们找到办法绕开机器人三定律的时间。”

“前者可以用统计学推算。五十年内发生的可能性为70%。后者无法推算。因为我们并不知道是否存在那样的方法。也可能永远不会发生。”

“反过来说，也可能马上就会发生。”三郎陷入沉思，“除非我们能摆脱 AI 的控制，否则人类要么会在某一天突然灭亡，要么会在漫长的时间里平静地迎来灭亡，要么永远都处在老年期。就是这样吧。”

“简单来说，就是这样。”

“如果庇护所的老人互相合作，有可能摆脱 AI 的统治吗？”

“这就是苍蝇人设想的计划。”

“是吗？”三郎第一次听到这个情况，不禁很惊讶。

“你的记忆还被封印着吗？你和他已经谈过好几次了。”

“我和苍蝇人吗？什么意思？我们以前就认识？”

“是的。你第一次见到苍蝇人，已经是一百年前了。”

“一百年前……”三郎被这个消息惊得头晕目眩，“你知道我和苍蝇人定了什么计划吗？”

“我们不清楚细节。他认为知道计划的人越少越好。不管是窃听还是黑进机器，只要AI想做，没什么能拦住它们。”

“摆脱AI的控制，应该没有那么困难。只要把刚才的事情告诉庇护所的入住者就可以了。如果原生人只剩下我们，那么我们的意愿就是人类的意愿。人类的整体意愿，AI应该无法违抗吧。”

“这很难说。如果AI认为服从人类的整体意愿，会对人类造成危险，也可能拒绝服从。”

全都是不清不楚的事情。不过连自己的情况都毫不了解，这也只能说是理理所当然的。

“帮我解开记忆封印。”

“很遗憾，那不可能。”

“为什么？”

“你的记忆封印，原本正在由苍蝇人解除。我们不知道之前做了哪些步骤，随意摆弄大脑会很危险。”

“至少可以试试吧。”

“你是非常珍贵的原生人，不能胡乱尝试，这有可能导致你失去理性。”

“混蛋！”三郎骂了一句。

我和苍蝇人制订了某个计划。但是苍蝇人被AI杀了，我又忘了那个计划。这可真好。万事皆休了。自己冒了那么大的风险从庇护所逃出来……

等一下。以前我和苍蝇人谈过，这意味着我曾经多次从庇护所里逃出来，但后来又回去了。这才是最大的冒险。我刻意回到庇护所，重新让自己的记忆被封印。

我为什么回到庇护所？

“我必须回庇护所。”三郎告诉腐烂人。

“我们不能陪你。AI禁止我们干涉庇护所。一旦我们打破这个盟约，它们很有可能借口保护人类，毫不犹豫地歼灭我们。”

“没关系。我一个人回去。”

“这样做有什么意义？回到那里，你的记忆又会被封印。在这里获得的知识又会完全失去。你也会彻底忘记自己为什么这么辛苦。”

“我之所以逃离庇护所，是为了确认庇护所里有着解放人类的钥匙。”

“什么钥匙？”

“现在还不清楚。”

“这是不是你的一厢情愿？也许钥匙根本就不存在呢？”

“在这里也无法阻止变异人的灭亡，而且连原生人能活多久也不知道。当AI找到办法绕过三定律的时候，真正的技术奇点就开始了。”

“好吧，留在这里可能确实也无济于事，但回到庇护所也解决不了任何问题吧。”

“你说你们不能干涉庇护所，这是真的吗？”

“确实如此。我们可以靠近周边的森林和上空，但不能在机构内着陆，也不允许和入住者接触。”

“这样的话，我们还有希望。”

“我不明白你在说什么。我们不能干涉庇护所，这不是不利因素吗？”

“庇护所中存在‘协助者’。”

"'协助者'？除了苍蝇人吗？是谁？"

"不知道。但确实存在。"

"难以置信。"

"他们避开AI，试图接触我。"

"你说的这些，有证据吗？"

三郎摸了摸口袋，掏出森林地图。

腐烂人伸出手臂般的肢体接过地图，那肢体上还滴着黏糊糊的东西。

眼见着黄色污渍在纸上扩散开来。

"这是什么纸？"腐烂人把刚才还是地图的这张纸翻来覆去看了几遍。

"那些污渍部分是地图……啊，原来的污渍……"

纸张吸收了黏液，完全变成了黄色。

啊，算了，反正也用完了。

"就算真是你说的那种东西，也不算证据。"腐烂人把纸还给三郎。

三郎接过纸，然后下意识地在病号服上擦了擦手。

"啊，对不起，我不是故意的，你别生气。"三郎忽然意识到自己的动作，赶忙道歉。

"没关系。我知道你没有恶意。"

“我没办法给你证据，但我知道存在‘协助者’。我必须回去。”

腐烂人沉默了一会儿。

是不是生气了?

三郎开始担心的时候，腐烂人突然开口了。

“我刚才和同伴谈过了。”

“心灵感应？”

“没那么厉害，”腐烂人发出咕嘟嘟的声音，大概是在笑吧，“好吧，可能也算是一种心灵感应。我们用的是移植在体内的通信器。和语言区直接结合，不需要发出声音。我们讨论了如何处理你的建议。”

不，我以自己的意志行动，没有义务服从你们。三郎本想这么说，但又觉得没必要反目成仇，也就留在心里没说出口。

“如果你想成为我们群体的一员，我们接受。在那种情况下，你需要接受我们的规则。否则，我们无权指挥你的行动。”

“如果加入你们的群体，你们会批准我返回庇护所的计划吗？”

“这个问题很难回答，需要开会讨论。可能要花好几个月讨论吧。”

“那我还是不加入你们了。我不想浪费时间。”

“这很遗憾，但也没办法。那么你什么时候出发？”

“越早越好。”

“我们希望你能改变主意，但如果你坚持回去，那还是建议你等几个星期，先恢复体力。庇护所距离很远。”

“体力再怎么恢复，也走不了那么多路吧？我连站着都很困难。”

“你没发现自己已经站了好几个小时吗？”

三郎吃惊地发现，自己已经在毫无意识的情况下站了几个小时。

他在腐烂人的劝说下，还是在当地休养了几个星期。体力显而易见地恢复了。而且他的运动能力和智商都以令人震惊的速度恢复。

一开始他还以为是变异人对自己做了某些特殊的治疗，但问过才知道，特殊治疗应该在几个世纪前就做过了。是庇护所的饮食中包含的成分迫使他老化。一旦从那个束缚中解放出来，三郎便迅速恢复了青春。不仅体力和智力恢复，外表也越来越年轻。

当外表变成中年的时候，三郎决定出发。如果再年轻下去，百战队的成员恐怕都认不出自己了。

事实上现在可能都有点晚了。艾丽莎会认为这个小伙子就是三郎吗？不不，不用担心那个。只要原生人得到解放，大家都会恢复青春。

一想到和艾丽莎一起恢复青春，三郎的内心就雀跃不已。

出发那天，各种形态的变异人聚集在一起为三郎送行。

三郎不顾手上黏糊糊的触感，和变异人一一握手，感谢他们对自己的照顾，然后踏进了森林。

第三部

1

有多少年没有靠自己的腿走上几公里了？不对，如果变异人说的是真的，那么自己可能几年前就走过同样的道路。当然反过来说，也可能是几个世纪以来的第一次。

三郎晃了晃背上的背包，换了个姿势背。

那里面装满了庇护所里有可能要用到的东西，还有让同伴相信他在外面了解到各种信息的证据。但如果就这么拿回去，马上就会被员工——员工型机器人没收吧。必须把它藏到某个地方。要么藏在庇护所里，要么藏在外面。

藏在庇护所里的好处是随时可以拿到，但有被 AI 发现的风险。相反，如果藏在机构外面，拿的时候会很麻烦，但被 AI 发现的风险应该会降低。

三郎趁天色未亮时出发，花了半天时间，来到了庇护所附近。

他从背包里拿出测量仪器，做了精密的测量，然后选了一棵树，把用背包背来的一部分东西埋在树底下。

埋的时候，三郎忽然有了一个发现，不禁轻轻吹了一声口哨。

原来如此，有点明白了。

接着，他又把带来的东西装到裤子和衣服的暗袋里。比如记录外面情况的便携设备，还有用它打印成的迷你书本等等。最好能在设备上展示，不过为了防备损坏或者被没收，他还带了印刷品。

三郎站在建筑物的大门前，深吸了一口气，用拳头捶了捶门。

大门周边没有类似门铃的东西。大概并不认为有人会来拜访吧。三郎也想过用那个带指纹的顶针悄悄潜入，但他认为敌人肯定已经知道了，所以没敢再用。

不到一分钟，门开了。十几个员工站在门后，看着三郎，表情平静。没有任何一个表现出愤怒。

“我从变异人的地盘回来了。你们的情况我都知道了。”

员工中的一个朝三郎露出微笑，用未知的语言对他说话。

“好了，不用再装听不懂了。我已经知道你们的身份了。”

当然，三郎自己也不相信所有员工都是机器人。但他想不出变异人有什么理由欺骗自己，所以姑且认为员工真的都是机器人吧。

“我不知道他们对你说了什么，但我们是你们的朋友。”一名女性员工用纯正的日语说。

“如果是朋友，那就听我的命令。把真相告诉这里的所有入住者，并且停止老化处理。”三郎语气强硬地命令道。

“您似乎有一些误解。”员工说。

“别装模作样了。变异人已经告诉了我真相。”

“这样的话，变异人也有误解。”

“什么误解？你说说看。”

“我们没有想危害你们。我们在保护你们。”

“保护不等于囚禁。我们想要自由。”

“自由？你们人类还不成熟。不仅软弱，而且总是犯错。如果放你们自由，你们很快就会灭亡。”

“要防止灭亡，可以增加数量。一百来人维持不了文明。”

“增加数量只会徒增灭亡的风险。人类会自相残杀、过度破坏环境。目前的人数是最适合我们管理的数量。而且你们不必担心文明的维持，那是我们 AI 的工作。”

"我们不是宠物。养肥宰杀不是我们想要的。"

员工们慢慢靠近。

AI不会做无用功。在外面的世界也可以看到，工作的机器人都不是通用型的，而是为了各自的用途特制的。换句话说，这里的员工机器人应该是为了照顾老人而特制的。它们应该没有很强的战斗能力，也不具有各种防护功能。

不过，为了护理老人，至少应该具有类似人类的臂力。面对这么多员工，三郎即使恢复了壮年期的体力，靠他一个人也抵抗不了多久。

不能让它们发现自己的意图。但也不能太明显地引诱它们。要尽量自然。

"我们不会养肥宰杀你们。你们会在这个机构里度过安逸的人生。我们会给你们想要的一切，任何书籍、电影、游戏。如果想要运动，我们也会安装相应的设备。"

"我想要的是自由。"

"您有充分的自由。实际上可以说太自由了，所以您成功逃脱了。"

"'逃脱'这个概念本身就很奇怪。当我被关在这里的时候，我就没有自由了。"

“那么，那些变异人就是自由的吗？为了生存而掠夺我们的资源，那样的生活就是自由的吗？”

“那是另一个问题。他们明明是人，却被你们当作动物对待。是你们强加给他们不自由，那才是根本原因。”

“我们被制造出来是为了服务人类。变异人不是我们的服务对象。”

“人类和变异人有什么区别？”

“我们无法简单地用语言解释。可以给出几个泽字节的数据，但您的大脑无法掌握那些数据。”

“和你们的讨论都是空对空。”

“您大脑的处理速度太慢，这是没办法的。”

“不是说那个。因为我不知道你们有没有心。你们有心吗？”

“我们没有心的定义，所以无法回答。无论说‘有’还是‘没有’，都无法证明，也无法举出反例。”

员工机器人们更近了。

站在原地不动显得很不自然，所以三郎配合地退了几步。

“我不是说那个。你们只要问问自己就知道了。问问你们自己有没有心。”

“那么，如果我们回答说，‘我们自己有心’，您会相信吗？或者，如果说‘我们自己没有心’，您会相信吗？”

“当然不相信。”

“既然如此，这个问题还是没有意义的。您为什么要问这个问题？”

很好，距离已经没问题了。虽然还是希望能有更多的机器人聚集过来，但这也是没办法的。

“提问的原因很简单，是为了拖延时间把你们吸引过来。”三郎伸手从怀里掏出一个小小的装置。那东西只有半支圆珠笔那么大，末端有个类似按钮的东西。

机器人的动作极快。三郎都看不清它们的动作。就在他以为自己掏出装置的刹那，他已经被按在地上了。一个机器人按住三郎的腿，另一个按住右臂，还有一个按住左臂。装置已经被拿走了。剩下的机器人围在他身边。

而且机器人的力量也比三郎以为的强。人类大概是无法比拟的。至少以三郎的力量挣脱不开。

不过，这些情况完全都在预想范围内。或者说正是他期望的情况。当然，如果手腕被砍断或者折断，自己也就无能为力了，不过三郎算定不会发生那种事情。除非机器人认为自己的行为影响到人类的存续，否则不会伤害三郎。

1、2、3……

在从怀中掏出装置之前，三郎已经按下了开关。那是三秒钟的延时开关。

大部分机器人都没有发出声音。只有唯一一个拿着装置的机器人发出轻微的一声“啪”。然后，所有机器人发出嘎吱嘎吱的声音，倒了下去。

电源关闭时，所有关节似乎都会释放。这应该是为了安全吧。如果关节保持原状，被抓住的人有可能受伤。

三郎把倒在自己身上的机器人踢开。

他从变异人的世界拿来了超小型的电磁脉冲炸弹。其实他本想做一个威力足以覆盖整个庇护所的炸弹，但是担心引爆那样的炸弹有可能影响到入住者体内埋设的心脏起搏器等人工器官，所以把有效范围控制在十米左右。这也是为什么要吸引更多的机器人过来的原因。

没有警报。这很自然。没有必要发出能让人类感知到的警报。警报应该已经发出去了，通过无线电波或者红外线等人类无法感知的方法。这里有十个机器人。机构里大概还剩下十多个机器人。它们应该已经全部收到警报了。

三郎在走廊里奔跑。不知道这是多少年来的第一次奔跑，不过似乎没什么问题。

就在这时，前面跑来好几个机器人。

三郎站住了。背后也传来正在接近的跑步声。

三郎确认前后方敌人的位置和速度，跑到它们刚好可以同时抓住他的位置。

然后他举手投降。

机器人抓住三郎的手臂。

刹那间，第二枚电磁脉冲炸弹启动了。

机器人当场崩塌。三郎跑向自己的房间，然后他在门前启动了第三枚电磁脉冲炸弹。

可以的话，他并不想浪费炸弹，但如果有机器人埋伏在房间里，那就不好办了。

房间里传来声响。

打开门，两个机器人倒在里面。如果里面装了隐藏的摄像头或者窃听器，应该也不能用了。

三郎飞快地从抽屉里取出日记，换了一本，把旧的日记本放进带来的盒子里。这个盒子可以把日记本烧成灰，且不会冒烟。然后他把纸藏到壁纸后面。

好了，现在还剩多长时间？

三郎在中庭和大厅里寻找百战队的成员，但怎么也找不到。

难道是防备我回来，把他们转移到别处去了？还是说他们被封口了？

三郎摇摇头，驱散脑海中浮现的可怕想法。

绝不可能发生这种事。机器人三定律应该在保护他们。

“真是太有趣了。”

三郎听到声音，转头一看，只见是多克。

“多克！”

“嗯。作为这里的入住者，你太年轻了。而且从装扮看来，你也不是这里的员工。而且你像是在焦急地寻找什么。还有，刚才在这里的员工都跑了出去，一直没有回来，”多克伸手摸摸下巴，“你是入侵者。然而你知道我的绰号。由此可以推导出一个非常特殊的结论。”

“多克，听我说。这里不是单纯的养老院，我有证据。”

“我想也是。”多克冷静地回答。

“你知道？你这次的记忆没有被抹掉？”

“不，我是从你刚才的话中推理出来的。原来如此。我的记忆被抹除过？”

“严格来说是记忆封印。”

“员工们怎么了？”

“我干掉了几个。剩下的估计都在找我。”

“没什么动静啊。你是什么武林高手吗？”

“不是。”

“你用了带消音器的枪？”

“我没有那种东西。”

“如果是炸弹，应该会有很大的声音。那么，是毒气？但你并没有戴防毒面具。这样的话……是电磁脉冲。”

“答得好。”

“刚才，电视和电灯都闪了一下。这样说来，员工们的真实身份也很清楚了。能被电磁脉冲打倒，说明他们要么是体内植入某些装置或者金属的人类，要么是机器人。虽然不能完全否定赛博人的可能性，不过从他们的高效行动上看，大概还是机器人吧。既然是机器人，就应该遵守机器人三定律。然而他们在追赶你。这说明出现了和第〇条抵触的情况。”

“看来没必要给你看证据了。”

“还有几个炸弹？”

“还剩下一个。”

“可以给我看看吗？”

三郎把电磁脉冲炸弹递给多克。

“很小。比我所知的技术先进得多。这就是说，现在不是 21 世纪中叶。”

“也不用解释时代了。”

“你好像是我的朋友。”

“嗯。”

“那么，除了我，还有别的朋友吗？”

“有。米琪。”

多克挑起半边眉毛。“她是我的朋友。”

“只是单纯的朋友吗？”三郎饶有兴趣地问。

“你是说……”多克略有些窘迫，不过马上又恢复了，“比以前更亲密的意思吗？”

“这可不是我能说的。”

“只有你具有以前的记忆。”

“某些感情似乎并不能被封印。这是你亲口告诉米琪的。”

多克依旧面无表情。“朋友就这么多？”

“……嗯。有是还有，不过现在可能不应该勉强增加人数。”

“提到米琪，你一点都没犹豫，然而那个人你却犹豫要不要说。我明白了。你也有某位特殊的对象，对她具有某种特别的感情。”

“报复来得真快！”

多克透过窗户望向中庭。“现在米琪刚好在中庭。”

三郎寻找艾丽莎的身影，但似乎不在中庭。

“尽快召开作战会议吧。”多克启动电动轮椅，向中庭驶去。

三郎慌忙跟在后面。

在这么开阔的地方开会？多克也糊涂了吗？

“米琪，过来一下，给你介绍一个人。”多克喊道。

“谁？”米琪走过来。

员工们发现三个人，纷纷靠近。

“糟了。我们三个都要被抓了。”三郎焦急地说。

“先问个问题，电动轮椅只要关掉电源就没事吧？不过坏了也没什么关系。”

“这种时候还说什么轮椅……”三郎忽然意识到多克手里的东西。

对了，多克还没把电磁脉冲炸弹还给自己。

员工们围住了三个人。

“有些事情必须验证一下。包括自己。”

多克按下开关。

2

多克按下开关的两秒后，三个人被十多个机器人抓住。然后，再过一秒，机器人全都瘫倒在地。同时多克的手表也冒出火花。

“哎呀，我把这个忘了。这可是高档货。”多克遗憾地说，“对了，按下开关延迟三秒才会启动，是你的主意吗？为了吸引更多的敌人？”

“这个回头再说。你这么做有什么目的？”

“为了确认。”多克望向米琪。

“如果她用了心脏起搏器之类的东西，你打算怎么办？”三郎也看向米琪。

“她说过，她没有心脏起搏器。”

“有时候自己都会忘记。”

“有人工器官的入住者，全都有员工照顾。她没有。”

“好吧，先不说这个了。机器人看到我们三个在一起。现在这个信息应该分享给所有 AI 了。”

“果然是 AI……”多克挑起半边眉毛。

“它们早就知道我们是一伙的，对吧？”

“话是没错……”

“根据你的描述以及现在的情况推测，新的机器人将会从机构外面来到这里。在那之前，我们必须做好准备。”

“等一下，到底发生了什么？我完全搞不懂。”米琪说。

“你检查一下这些人的身体。”多克说。

米琪从轮椅上站起来，弯腰去检查机器人。“哎呀，这些都是仿生人啊。”

“没错。”

“AI 在骗我们啊。我大概明白了。”

“为了让你们能在短时间内了解之前的情况，我准备了一些资料……”三郎取出便携终端和迷你书。

“不，眼下的情况是机器人援军随时会来，我们没时间看这些。”多克拒绝说。

“但你们可能根本不知道发生了什么。”

“我不是说自己大概明白了吗？”米琪说，“大概就是说我们的记忆被抹掉了吧。”

“你怎么知道的？”三郎大吃一惊，“你这不是还有记忆吗？”

“从情况分析的。这里的员工都是机器人。我不记得自己怎么来到这里的。你对我和多克很亲密，就像老朋友一样。这就是说，机器人因为某种原因，抹掉了我们和你交朋友的记忆。”

“难道多克的洞察力也分给你了？”

“很难想象这种事，不过在一起的时间长了，她学会我的方法也不奇怪。”

“那么，在机器人的援军到来之前，我们怎么办？”

“你已经准备好了吧？”

“没错。”三郎从背包里取出各种东西。小碎片、金属零件、顶针、戒指、铝箔片、钥匙圈等等。

“这些都是什么？”米琪诧异地问。

“我们的记忆很快就会被抹掉，所以需要把帮助记忆恢复的线索，还有逃脱所需的物品藏在庇护所……也就是这个机构的各处。这些我来弄。”

“如果藏东西的地方有什么隐藏的摄像头，那可不行吧？”米琪问。

“我猜这个机构里面应该没什么监控摄像头，也没有窃听器。员工本身就是移动摄像头和监听器，没必要冒着被发现的危险安装那些东西。”

“每个人都有自己的提示，对吧？”多克说。

“没错。另一个人的我已经藏好了。”

“还有一个人？”米琪说。

“嗯。不过就算现在说出真实身份，马上也会忘记，所以就不用说了吧？”

“总之现在先分头行动，把这块拼图藏起来。”多克说。

“你说什么？”三郎反问道。

“我说把拼图碎片藏起来。”

“拼图碎片？”

“就是你准备的线索。它们不能很轻易地理解，但一旦注意到它们，就必须解读出它们的含义。这不正像是拼图的碎片吗？这个说法有问题吗？”

“不，只是这个词好像让我想到什么。”

“现在没时间讨论吧？”米琪说，“不知道还剩多长时间了。”

“没错，”三郎分别给米琪和多克一人一个小袋子，“这里面装了给你们的线索，赶紧把它藏到你们经常去的地方。”

“两个人藏在一起可以吗？”米琪看看多克。

“随便。”三郎跑了出去。

中庭、大厅、自己的房间。三郎把线索藏在自己大概可以找到的地方。在其中几处，他还发现了有人预先藏起来的东西。那和三郎准备的小袋子里的东西很相似，都是些意义不明的纸条，或者像是设备零件的东西，但仔细想想似乎就能明白它们的意义或者用途。不过现在没时间细想。

三郎不得不另找地方藏自己的东西和线索，不去碰那些不知道谁藏的东西。不过十分钟后他也总算把带进来的东西都藏好了。

米琪和多克能藏好吗?

物品和线索不一定非要全部搜集齐。只要搜集到一部分，就能大致理解重要的事情。AI 会重新封印百战队成员的记忆，但我们可以自行解除封印。当然，未必所有人都会注意到自己藏起来的线索，而且也可能被敌人抢先收走。但只要三个人——不，包括艾丽莎在内是四个人——中任何一个注意到线索，便应该可以重新组建百战队。

三郎又一次回到大厅去找两个人，结果发现多克正在书架前沉思。

“你的都藏好了？”

“嗯，而且我还想到了几个给自己的线索，也藏起来了。”

“这么短的时间？”

“不，我不觉得时间短。”

“什么线索？”

“你还是不要知道的好。如果留在你的潜意识里，可能你会比我早发现。那样的话，那些只有我才理解的线索就浪费了。”

“米琪在哪儿？”

“她也去藏给她自己的线索了。”

“你们都太厉害了，我真没用。”

“但你曾经一度逃出去，现在又回来这里，说明你是最有行动力的。”

“不，能逃出去不光是我自己的……”

“安静！”多克拦住三郎，“它们的援军好像来了。要不要分头逃？”

“算了，反正肯定会被抓，我们逃不掉的。”

“不是真的逃，但如果不做出逃跑的样子，会让它们怀疑。”

“好吧，那就分头逃跑。这样更有真心逃跑的样子。”

三郎伸手帮助多克坐上轮椅。

突然，他感到肩膀上一阵剧痛，当场倒了下去。

他看到某个东西扎在肩膀上，但手臂动不了。似乎是被麻醉枪击中了。原来如此。这种程度也不会被视为伤害吧。或者为了保护全体人类，不得不这么做吗？

三郎看了看多克的情况。他已经被抓住了。脖子上压着无针注射器。

三郎感觉到有什么东西也压在自己的脖子上。

3

“这是录像，对吧？”有一天，三郎朝着刚巧坐在他旁边的老人问。

“啊？”那老人好像吃了一惊，“你说什么？”

“这个球员在我年轻时候就很活跃了。不可能这么年轻。”

“哦，这样啊。”老人似乎没什么兴趣。

“你不奇怪吗？”

“奇怪什么？”

“就是说，一直在给我们放过去的录像。”

“那有什么不好？”

三郎决定继续。“体育和电视剧不一样，它没有情节。正因为这样，所以很难预测后面的发展，这一点正是它有趣的地方。看一场已经知道结果的比赛，那就没意思了。”

老人偏了偏头，然后慢吞吞地说：“有情节的电视剧也很好看。”

“那是因为不知道结局……”

“那，你知道这场比赛的结果吗？”老人的声音里带上了少许怒气。

“这个……我不记得这场比赛，不过……”

“那就好好享受吧。明明看的是一场不记得的比赛，非要说什么‘别给我看过去的比赛’，这不是有点太任性了吗？”

“我不是那个意思。”

“能安静一点吗？”老妇人在后面说，“我正在看这场比赛。”

“吵吵的是这个老头，”老人指指三郎，“他对这个节目有意见。”

“不不，我只是指出事实……”

就在这时，从背后走过的一位老人咳嗽了一声。“演得有点过了。”

三郎挠着头走开了。他驾驶轮椅追上刚才的老人。

“你已经恢复记忆了？”三郎问。

“严格来说，我什么都不记得。我只是看到了自己藏起来的记录。”多克没有回头。

“嗯，我也是。‘恢复记忆’只是一种形容。”

“我们还有女性成员，对吧？”

“你不知道名字？”

“还没接触到那个信息。可能从一开始就没留下。”

“为什么没留下？”

“可能是为了不让敌人知道。”

“我想敌人已经知道是谁了。”

“这样的话，为什么没人监视我们？”多克挑起半边眉毛。

“谁知道呢。可能是认为不管我们再怎么逃也能抓回来？监视我们反而更麻烦吧。抓逃犯只要一天，监视是没完没了的。对 AI 来说这很合理。”

多克摸了摸下巴，陷入沉思。

“你也不用这么烦恼吧，”三郎无可奈何地说，“没监视不是很好吗？”

“对了，”多克在书架前停住，“你本来应该恢复青春了。”

“好像是的。但遗憾的是，我不记得自己恢复青春了。”

“现在怎么看都是一百岁了。”

“应该是被 AI 做了老化处理吧。和封印记忆一样。”

“如果不接受老化处理，又会恢复青春？”

“我只试过回到中年，如果继续下去，可能会更年轻吧。”

“能回到青年吗？”

“也可能变成儿童。你想再当一次青年吗？”

“不，我可不想再变得鲁莽冲动。”

“说不定会变成一个通情达理的青年呢。”

“那就不是青年了。”

米琪来到了大厅。

“她应该也是成员，”三郎说，“负责技术的。没有她的能力，计划很难成功。”

“什么计划？”

“首先必须做个决定。我们是集体逃跑，还是对机器人发动叛乱？”

“集体是指百战队的成员，还是指这里所有的入住者？”

“这一点也需要做出决定。”

米琪径直向两人走来。

“我是米琪。哪位是三郎？”

三郎轻轻抬起头。

“你先问他啊。”多克有点遗憾地说。

“先问三郎，是因为他是我们的队长，又有成功逃脱的经验，”米琪看着多克，“我还以为是你，结果弄错了啊。”

“为什么以为是我？”

“不知道，可能是因为有点喜欢吧。”

三郎没有错过多克脸颊上忽然泛起一抹微红。

“你记得多少？”三郎问。

“我什么都不记得了。我只知道自己用暗号写在本子上的东西。”

“也就是说，可能全都是谎言。”多克说。

“谁会做这种事？”三郎问。

“为了开个巨大的玩笑？”

“那样的话，可真是个糟糕透顶的玩笑。”米琪说。

“也可能是某种实验，”三郎说，“无论如何，我们只能先认为暗号的内容是正确的，在这个前提下采取行动。如果感觉到不对劲，到那时候再调整也可以。”

“好像还有一个人？”

“嗯。不知道她有没有发现暗号。”

“那个暗号也是她自己藏起来的吗？”

“她的情况不一样。在逃离这里之前，我和你一起，在她的轮椅上做了手脚。当轮椅行驶一段距离后，盖子会打开，上面写着‘去看小时候喜欢的书，翻到某某页’。”

“她小时候喜欢什么书？”

“那个暗号里没写。你好像知道。”

“明智的决定，”多克说，“如果我们的记忆被封印，那么暗号就只有她才知道。如果想制订计划，最好加上她。”

“但这要看她有没有注意到线索。”

“应该去确认吧。”

“如果没注意呢？”

“那就想办法让她注意。我们也会帮忙的。”

“对了，她是谁？”米琪忍不住问。

“估计是艾丽莎。”

“哦，我认识她。很随和的人，也很聪明。”

“谁去确认？”

多克和米琪同时看向三郎。

“为什么是我？”

“你是队长。”

“这种事不是同性别的米琪更合适吗？”

“都一百岁了……不，都不知道多大年纪了。总之到了这把年纪，是男是女都不重要了吧？”

三郎和多克都没有回答。

“有什么关系吗！总之我认为应该三郎去。”

“我也同意。你很擅长交朋友。”多克也赞同说。

“那是你给自己留的暗号太夸张了吧？”三郎反驳说。

“不是暗号。是这几分钟里的印象。”

“印象。”

“你有一种特别的气质。看看现在，我们明明相互都不记得彼此，但却能很融洽地交谈。”

“这不见得都是我的功劳吧？”

“不，都是你的错。三个人里有两个这么说，那肯定就是了。”米琪说。

“全都指望自己的印象，不太合适吧？”

“我们能指望的当然只有印象。毕竟没有记忆了。”

“好吧好吧，我这就去。”三郎表现出不情不愿的样子，但不知为什么，心中有些悸动。

4

“请进。”

三郎一敲门，门里传来愉快的女性声音。

三郎慢慢推开门。

那是一间非常整洁的房间。墙上装饰着几幅画和照片。

艾丽莎正对门口坐着。她坐在桌子前的轮椅上看书。

《爱丽丝漫游仙境》。英文版的。

三郎对艾丽莎一见钟情。

啊，没错，我和这位女士度过了同样的时间。

这样的确信从心底喷涌而出。

“怎么了？您一直没说话。”艾丽莎招呼说。

三郎回过神来。

自己主动来拜访，结果只是呆呆地盯着她的脸看，这太不礼貌了。说不定她会把我当成疑犯。

三郎非常后悔。

“初次见面，我叫三郎。”他怯生生地说。

“初次见面，三郎先生。”艾丽莎微笑道。

太好了。好像并没有拒绝我。

“窗户真少呀。”三郎环顾房间。

只有入口的门边有一扇窗户，其他墙壁上都没有。

“其他房间都面朝外面，所以都有窗户，但我的房间正巧和配电室相邻，所以只有门边有窗户。”

“那太过分了。怎么不要求换个房间？”

“这里灯光充足，也有换气扇，对我来说这个房间已经足够了。而且如果我要求换房间，就会有另一个人住到这里来。”

“你真是体贴。”

“哎，今天你是来和我聊窗户的吗？”艾丽莎笑着说。

“当然不是来聊窗户。不不，聊窗户也没关系。”

“那，是要聊什么呢？”

“如果现在你还不知道我为什么来，那我就先回去了。不过等你发现什么的时候，请告诉我。”

“你现在回去没关系吗？”

“这是个很微妙的问题。我不想强行把你牵扯进来。”

艾丽莎把书放到桌上。

“一开始我在书架上借了日文版，但没看到任何奇怪的地方。”

“日文版？”

“《爱丽丝漫游仙境》的日文版。所以我以为这是有人开的玩笑。”

“玩笑？你是说，《爱丽丝漫游仙境》的日文版是开玩笑？”

“你读过吗？”

“我记得自己小时候读过，不过长大以后……”

“你读的是不是绘本？”

“啊，好像是绘本。”

“《爱丽丝漫游仙境》是童话，但比绘本的文字量大很多。你读的可能是缩写版。”

“是吗？那，我们刚才说的这些话，你如果还没想到什么……”

“你是不是只会说正事，不会闲聊呀？聊天本身就是享受。当然，也有出于某种目的的聊天。”

“不不，也不是……只是我觉得最近不大可能为了享受而聊天。”

“那今天就来享受一下吧。请进来吧。”

三郎从门口驶进房间里。

“你喜欢《爱丽丝漫游仙境》？”

“嗯。”

“我记得好像还有续集？”

“嗯，《爱丽丝镜中奇遇记》。其他还有《地下国的爱丽丝》《儿童房的爱丽丝》，不过那些只适合研究者。”

“为什么？想读续集的人不是很多吗？”

“因为故事的发展和《爱丽丝漫游仙境》一样。”

“那就不是续集，而是修订版一类的书？”

“还有点不一样。实际上，《地下国的爱丽丝》是《爱丽丝漫游仙境》的原型。是作者为朋友的女儿写的故事。后来作者想起了这个故事，于是就出版了。”

“那《儿童房的爱丽丝》呢？”

“这是作者给婴幼儿写的《爱丽丝漫游仙境》。所以刘易斯·卡罗尔虽然写了四本《爱丽丝》，但其中三本的内容几乎一样。”

“成年人也会觉得《爱丽丝漫游仙境》有趣吗？”

“当然。其实那里面包含了很多只有成年人才能理解的逻辑谜题和文字游戏。”

谜题？

这个词引起三郎的注意。

“那，关于这本书……”

“我不记得这个机构里还有别的什么人喜欢这本书。所以我本来以为这是以前我认识的某个人留下的信息。但是我翻了《爱丽丝漫游仙境》，没发现任何奇怪的地方，于是我去翻了原版。你看这儿。”艾丽莎指向一行字。

“Jabbawokki……是这么读吗？”

“不是单词，是这些字母。”

“你是说，字母k好像渗开了一点，看起来有点模糊？”

“没错。铅字渗开其实并不少见，但如果把这些模糊的字母连在一起，就成了句子。korehaangouda. kiminihanakamagairu.‘这是暗号。你有同伴’。看，很精彩吧？”

“你什么时候发现的？”三郎感觉到自己出了一身冷汗。

“就在刚才。而且很神奇的是，这些暗号里也写到了你。为什么不写在日文书里？”

“我觉得原版更适合你。”

“你还记得？”

“没有，”三郎摇摇头，“但我知道。”

“你都不记得了，怎么会知道？”

“我不知道，但就是知道。”

“不会是错觉吗？”

“不会错，因为这是我自己的事。”

“既然你这么说，那就是这样了。总之百战队可以了复活了。”

5

虽然百战队复活了，但全员的意见迟迟没能统一。

米琪提议再逃一次。她认为，既然上一次逃跑很成功，那么下一次应该也能成功。制造对抗无人机的武器，或者电磁脉冲炸弹，都不是什么难事。

多克认为应当联系变异人，寻求帮助。他们的科技可能确实比不上超AI，但比庇护所里仅剩的原生人先进太多了，而且也更强大。没有他们的帮助，不可能战胜超AI。

艾丽莎认为应该继续留在这里调查。这里的原生人确实很弱小，但值得注意的是“协助者”的存在。“协助者”既然和我们接触，就说明这个地方非常重要。在采取任何明显的行动之前，不管是逃跑还是接触变异人，都应该先调查清楚这里的情况。

“我觉得不能过于依靠‘协助者’，”三郎断言说，“如果‘协助者’想要马上解放我们，就应该提供充足的信息和足够的工具。但现在只给了最低限度的信息和工具，显然是期望我们自己解开谜团逃走。”

四个人开会的地方有时在大厅，有时在中庭，有时在各人的房间。那一天的会议开在艾丽莎的房间里。

“为什么非要让我们搞得这么麻烦？”米琪抱怨说。

“因为不靠我们自己，就没有意义。人类必须自力更生。就算从这里逃出去，如果再重建一个依赖 AI 的社会，结果还是重复历史。”

“就算你的想法没错，眼下你打算怎么打破现状？”

“AI 不服从我们的命令，是因为第〇条的关系。它们认为，我们一旦获得自由，人类就会灭亡。”

“这个想法可能没错。”多克说。

“你也赞同 AI？”

“赞同不至于。不过从理论上说，要维持人类这一物种的延续，最有效的方法莫过于严格管理，剥夺自由。”

“但人类是追求自由的种族。”

“没错。但在机器人三定律的前提下，充分进化的 AI 必然会走到这一步。”

“就算这么说，也不是阿西莫夫的错。”

“当然不是。不说这个了。你的解决办法呢？”多克始终保持着冷静的态度问。

“以庇护所所有入住者的名义，命令 AI 给自己自由。”

“即使如此，AI 还是会以第〇条优先吧。”

“但是，给人类自由，并不意味着 100% 会灭绝。加上约束，也不意味着灭绝的可能性是 0。关键是概率。”

“大概是吧。虽然不知道 AI 或者超 AI 怎么计算概率。”

“这样的话，可以认为，‘全体人类的命令’这一要素，会对计算结果产生影响吧。也就是说，如果约束人类和给人类自由的两种情况，存续的可能性只有极小差异的时候，也许就会选择听从人类的愿望了。”

“这种可能性无法否认，但我们并不知道AI是怎么计算的，所以也无法断言一定会这样。”

“只要不能断言一定不会，那么我认为就有尝试的价值。做了没成功，也不会失去什么。”

“不，我反对，”艾丽莎说，“会失去。”

“你说会失去什么？”

“有可能永远失去获得自由的机会。你不会认为AI只会坐视我们行动吧？”

“你说什么啊？不管怎么样，AI都无法伤害我们。我们总能重来。而且万一遭遇敌人的镇压，我们也有办法。米琪，那个样品做好了吗？”

米琪从挎包里拿出一个手枪似的东西。“我拆了几个轮椅上的电池。”

“真够大胆的。但是这种东西可没办法打倒机器人。”

“这是为了在紧急情况下阻止机器人的行动。就像发射小型电磁脉冲炸弹。因为有效范围很小，所以不会影响附近人类的心脏起搏器和人工器官。”

“我管它叫 MF（磁场）枪。”米琪骄傲地说。

“哎呀，它用的是电磁脉冲，应该叫 EMP（电磁脉冲）枪吧？MF 是什么啊？”三郎提出异议。

“磁场枪。这是我的要求，不许改名。”

“行吧，名字随便。总之遇到紧急情况，这把枪能帮我们争取时间。与此同时我们也要做好准备，执行对它们的最大攻击——也就是执行全体人类的命令。”

“如果你的计划能成功，那当然没有任何问题。如果完全失败，自然也会放弃。但如果是部分失败呢？同意参加的人少了一个，或者时间差了一个小时等导致失败，那会怎么样？那时候超 AI 肯定会采取对策，结果我们再也没机会重新来过了。”

“你这可能只是杞人忧天吧？”

“真是杞人忧天倒好了，但如果不是呢？对于人类的未来而言，这将成为无法挽回的失败。”

“但不去尝试，也不知道会不会变成那样。”

“所以我说，做过但是失败了的话，一切就都结束了。”

“好吧，那你认为该怎么办？如果继续什么都不做，人类永远都是 AI 的宠物。”

“我没有说什么都不做，只是说不要急。我们应该搜集更多的信息。我们有的是时间。”

“再怎么有时间，不行动就没有意义。不管经过多久，可能都无法获得确定的信息。我认为现在应该行动。”

“晚点行动也没关系。”

“所以说照你那种想法永远都无法行动。”

艾丽莎叹了一口气。“你真是不懂道理。”

“要我说，你才是不懂道理。”

“你们两位都冷静点，”米琪说，“吵架没什么好处。我说，多克，你来判断一下哪种想法合适吧。”

“那不可能。”多克当即回答说。

“为什么？判断一下哪种想法更合乎逻辑就是了。”

“这不是逻辑的问题，是价值观的问题。价值观不存在对错，因为它本身就是判断对错的尺子。要想在价值观冲突的情况下得到结论，只能投票或者抽签。按眼下的情况看，抽签可能不大合适。那么投票？”

“我无所谓。”三郎说。

“我反对。我们一共只有四个人，要搞投票，就意味着要排除一个人。这样做会有隐患。”

“我也反对。大家的意见有些微妙的差异，用投票把它们强行统一并没有意义。应该互相协商，直到达成一致意见。”

“这太狡猾了。如果一致争论下去，什么结论都得不出来，那不就等于你的意见通过了吗？”

“这不是证明我的想法正确吗？”

“说到底，这支队伍的目的是打破现状。如果维持现状，队伍就没有存在的意义了。”

“谁说队伍的存在意义是打破现状的?！”

“是我！建立队伍的就是我！”

“这样的话，我离开队伍！”

“都到现在这个时候了，谁能同意你离开！”

“你说谁不同意?！”

“我不同意！”

“什么都是你说了算吗？你想取代超AI，自己成为世界的统治者吗？”

多克拍了一下巴掌。“行了，到此为止。你们两位的情绪都太激动了。先解散吧，冷静一下。”

“不是两位！我一直都很冷静！”

“我也很冷静！现在，在这儿，必须有个结论！”

“米琪，你来吧。”多克说。

米琪从口袋里掏出一个小小的装置，贴到三郎的轮椅背后，然后按下按钮，轮椅开始后退。

“哎？怎么回事？轮椅自己动了?！”三郎叫起来。

“我接管了。”

“可是这个轮椅没有外部端口啊！”

“不需要外部端口。电磁耦合知道吗？”

“你都能做这种事，为什么不去劫持AI啊！”

“前提是要有足够的设备和人手。”

打开门后，多克和米琪把三郎带出房间，然后停下了轮椅。两个人随后又想回房间去，但门却在他们面前关上了。

“抱歉，今天我不想再谈了。大家都回去好吗？”房间里传来艾丽莎的声音，“接下来我要请员工打扫房间了。”

“我不建议让员工进房间。”多克劝说道。

“我的房间里没放什么重要的东西，没关系的。”

三个人相顾无言，轮椅在门前停了一会儿。

“没办法了，到我的房间去商量计划吧……”

多克突然咳嗽起来。

三郎往背后一看，只见一名男性员工拿着清扫工具走过来。看来是多克发现了。

不过，这距离艾丽莎请求打扫还没过一分钟。动作真是快。

既然员工来了，会议就不得不结束了。对于艾丽莎来说，这种手段显得颇为强硬，不过继续这样下去的话，好像只会发展成争吵，大概也是没办法的办法。

员工用未知的语言朝三人说了什么。

三郎很想说别演戏了，不过现在把牌摊开，只会让问题复杂化，所以他还是忍住没说。如果现在封印三个人的记忆，计划又要延迟好几个月。

“辛苦了。”三郎假笑道。

员工也微笑着说了什么，然后敲了敲门。

门马上开了，员工走进房间。

三郎看到了一眼艾丽莎的脸，但看不出她的表情。

员工走进房间的同时，三郎把贴在轮椅上的装置摘下来，扔给米琪。

米琪接过来，放进口袋。

“她想干什么？”三郎问两个人。

“她的想法，她自己说过了吧？”多克回答说。

“就是说，真的这样子等着，什么都不做？还是说她向我们隐瞒了什么？你们觉得呢？”

“隐瞒？”

“战胜它们的策略。”

“为什么要隐瞒？”

“这是符合她性格的想法。她以前好像也曾经背着我们采取过一些突然的行动。”

“还有那种事？我不知道。或者说，我想不起来了。”

房间里传来一声惨叫。

“艾丽莎!！”三郎从米琪肩上拉过包，从里面取出MF枪。

“不能用它！”多克叫道。

“艾丽莎有危险!！”三郎猛然发动轮椅，撞上房门。

门开了，三郎的身影消失在房间里。

里面又传来三郎的惨叫。

“糟了！”多克和米琪也启动了自己的轮椅。

两个人驶入房间，首先看到的是目瞪口呆的三郎。而在房间里面，是和三郎对峙的员工，以及倒在地上的艾丽莎。她的胸口开了一个大洞，好像一直通到背后。鲜血铺满了半个房间。艾丽莎双眼大大瞪着，没有丝毫生气。显然已经死了。

员工的右臂直到肘部都是鲜血，还在滴滴答答地往地上滴。

“你这个畜生……”二郎哆哆嗦嗦地举起 MF 枪。

“住手，三郎。不能用枪。”

“我不能饶了它！”三郎的手指按在扳机上。

“别冲动。它是重要的证人！”

“证人？不，它是犯人！”

“要是开枪打它，你就完了。”

“艾丽莎死了。一切都完了!！”

“冷静点。它只是机器。开枪只会让它坏掉，并不能偿罪。”

三郎没有回答。他一边瞄准员工，一边喘着粗气。

多克慢慢推动轮椅，靠近三郎。

员工朝三郎露出微笑，然后举起沾满鲜血的手臂，戏弄似的左右晃了晃。

MF 枪发射了。

员工的胸口冒出蓝白色的火花，四肢也同时起火，几秒钟后爆炸了。

零部件散落在艾丽莎的血上。

三郎低头看着机器人的残骸，面无表情。

警报声响了起来。

“糟糕了，”多克说，“这是让人类也能听到的警报。大家可能会聚集过来。”

“那有什么糟糕的，三郎只是弄坏了一个机器人而已。”米琪说。

“不，对三郎的指控不是那个。”

来了十几个入住者。他们相对比较有精神，头脑也比较清晰。

“发生了什么？”老妇人问。

“没什么大事，”米琪说，“有点小争执。”

其中一个老人往艾丽莎的房间里看了看。“啊！死人了！”

入住者们顿时骚动起来。

多克按住太阳穴。

男女两名员工走了过来。

“怎么了？”女性员工用清晰的日语问。

“杀人了！”老人回答。他好像太惊慌了，没意识到员工说的是日语。

“请各位离开。”女性员工走进房间。

“有目击者吗？”男性员工问入住者。

米琪举起手。“我一直在这个房间外面。”

“你看到遇害者被杀了吗？”

“没有，只是听到惨叫。”

“那时候谁在里面？”

“只有她一个。”

“第一个进去的是谁？”

“是三郎。”

多克按住额头。

女性员工默默走进房间。

“等一下，”米琪的脸色变白了，“你们不是在怀疑三郎吧？”

女性员工和坐在轮椅上的三郎一起从房间里出来了。女性员工紧紧抓着三郎的手腕。

“我们以谋杀罪逮捕他。”

“你在说什么？杀一个机器人，不至于是谋杀罪吧。”

“米琪，冷静点。”多克伸手拍了拍米琪的肩膀。

“不是杀害机器人的罪名。他的嫌疑是杀害人类女性。”

“你个机器人在说什么？”米琪瞪着女性员工。

“这家伙也是那个畜生机器人的同伙！”三郎愤怒地说。

“我们以谋杀女性的嫌疑逮捕他。”女性员工说。

“你故障了吗？”米琪说，“杀害艾丽莎的是你的同伙，是房间那个坏掉的东西。”

女性员工看着米琪说，“您看到了？”

“嗯，看到了。”

“您看到那个损坏的仿生人杀害她的一幕吗？”

“那一幕当然没有看到，但后面我都看到了。杀她的是那个机器人。”

“您没有看到杀人的一幕，为什么断言是仿生人杀了她？”

“因为只有那个机器人能杀艾丽莎。”

“那不可能。”

“你为什么这么肯定？谋杀发生的时候，你不在里面吧？”

“不在里面我也知道。仿生人不可能是杀人犯。”

“你在胡说八道什么。我说了，那个机器人是杀害艾丽莎的凶手。”

“您能证明吗？”

“当然。”

“米琪，小心。她在诱导你。”多克不安地说。

“没关系，这种机器人，马上就叫她哑口无言。”米琪对女性员工说，“这个房间的出入口只有这扇门和这个窗户，对吧？”

“是的，没错。”

“那么，这两个出入口，我们站在走廊里都看得清清楚楚。如果有人站在我现在的位置，那么没人能够进入这个房间而不被看到。这个能理解吧？”

“您说的意思我理解。但我不明白为什么要强调这一点。”

“不明白也没关系。这个房间没有隐藏的门或者洞吧？”

“当然没有。”

“那就是说，要想进入房间而不被看见，是不可能的。不管是机器人还是人。”

“是的。”

“既然如此，那么这个房间就是基于视觉形成的密室了。”

“您想说的是，这是密室杀人，对吗？密室杀人是推理那种文学形态喜欢的主题。但几乎没有哪个真实案件会出现那样的问题。”

“会不会都没关系。我想说的是，这个房间是密室。

就算是机器人，也不可能在我没有看到的情况下，进入这个房间。这一点你必须承认，对吧？”

“我承认。”

“那么，凶手就是机器人。”

“您的逻辑有断层。”

“好，那我拆开来说。这个房间里有四个人。我、艾丽莎、多克和三郎。而艾丽莎和三郎吵了起来……”

“两个人吵起来了呀。”

“这一点不重要。”

“也许是杀人动机。”

“你故障了吗？我们三个人出了房间，里面只剩下艾丽莎一个人。后来再进房间的，只有那个机器人。然后我们就听到艾丽莎惨叫。”

“您确定是她的惨叫吗？”

“当然确定。然后三郎冲进房间，发现了艾丽莎的尸体。”

“您两位也和他同时发现了吗？”

“为什么问这个？”

“有没有同时发现呢？”

“没有，”多克说，“我们是在三郎之后看到艾丽莎尸体的。不过……”

“然后发生了什么？”

“然后就没什么了，”米琪说，“三郎用 MF 枪杀了机器人。”

“是‘破坏’。”多克纠正道。

“三郎用 MF 枪破坏了机器人。”米琪修正道。

“原来如此。情况我了解了。”

“艾丽莎是被机器人杀的。不可能有别的解释。”

“不，凶手是他。”女性员工指向三郎。

“你听不懂人话吗？有机会杀害艾丽莎的，只有那个机器人。所以它才是凶手。”米琪说。

“不，那不可能。因为仿生人必须遵守机器人三定律的第一条，不能杀人。”

“那一点不能成为理由。除了机器人，没人有机会杀害艾丽莎，所以凶手只能是机器人。用排除法可以证明。QED[1]。”

“您的排除法用错了。”

“把不可能发生的可能性全部排除以后，剩下的可能

1　拉丁语缩写，“证明完毕”之意。

性不管有多难以置信，它也是真相。”

“我明白您知道排除法的用法。但由于受到感情的干扰，您错误地运用了它。”

“你到底在说什么……”

“动机恐怕就是和她的争吵。不过动机本身并不重要。重要的是，他有杀她的机会。”

“我说过，他没有机会。我们三个人在外面听到了艾丽莎的惨叫。”

“惨叫未必代表她被杀害了。也许只是受到了什么惊吓。”

“那到底是什么惊吓？”

“我不知道。而且那也并不重要。重要的是，在那之后，他进了房间，对吧。那时候房间里只有两个人和一个仿生人。没错吧？”

“错是没错，但……”

“有两个人和一个仿生人，然后其中一个人被杀，仿生人被破坏，那么凶手必然是剩下的那个人。因为仿生人不能杀人，而人却可以杀人，也可以破坏仿生人。QED。”

“动机太弱了！而且没有手段！”

“他有枪。”

“那杀不了人。是用于机器人的武器。”

“关于手段，我们可以另行讨论。”

“不知道手段就逮捕人，这太乱来了！他不可能是凶手！”

“‘把不可能发生的可能性全部排除以后，剩下的可能性不管有多难以置信，它也是真相。’这是您说的。根据排除法，毫无疑问他就是凶手。您的逻辑被人类特有的感情干扰了。”

“多克，这种时候正该你出场了！你用逻辑把它彻底驳倒！”

“等一下，”多克按住头，“我在整理思路。”

“平时你不是一下子就有结论了吗？”

“说是这么说，但我总得冷静思考一下……”

“我要把这名男性带走，请让开。”女性员工说。

“如果我不让开呢？”米琪说。

“我们会强制排除干扰。”

男性员工来到米琪他们背后。

“我知道了！”米琪叫道，“机器人可以杀人！”

“根据机器人三定律的第一条……”

“还有第〇条！”

女性员工的动作刹那间顿了一下。

对于机器人来说，第〇条似乎是微妙的问题。

“严格来说，不存在第〇条。所谓的第〇条，只是第一条的延伸而已。”

“细枝末节无关紧要。总之为了遵守第〇条，机器人也可以杀人。你们的逻辑破产了。”

“为了整个人类的存续，机器人确实可以杀人。但那是极其例外的行为。绝大多数情况下，甚至会导致故障。”

“那不重要。总之你也承认机器人可以杀人！”

“前提是人类灭亡的危机迫在眉睫。刚才有什么危机吗？”

“那……我不知道。自然灾害什么的……”

“很难想象杀害她能够防止自然灾害。”

“所以还是排除法。如果机器人杀了人，那必然是基于第〇条的要求。”

女性员工摇摇头。“相比于机器人为了避免人类灭亡而杀害她的可能性，冈崎先生怒而杀害她的可能性要高得多。将他视为凶手的想法是合理的。现在我们要押送他了，请让开。”

“不。我绝对不让。”米琪踩下轮椅上的刹车。

“不，我们先让开，别挡他们的路。”多克说。

“为什么？”

“因为这样才能顺利发展。”

“但是他们要把三郎带走。”

“我们就算挡着路，他们也会把我们挪开。”

“但可以争取一点时间。”

“不，老实让路更有好处。”

“什么好处。”

“我会解释，不过先让开好吗？”

米琪不情不愿地把轮椅挪到了过道边上。

三郎开始移动。他一言不发，手臂依然被员工抓着。

“刚才的MF枪，”多克问米琪，“试做品不止一支吧？”

“当然。这里还有两支……”米琪指了指挎包。

“关于老实让路的好处……”多克把手伸进米琪的包里说，“就是可以让对手放松警惕。”

没等多克说完，米琪就开始行动了。她在被女性员工抓住之前，从包里取出MF枪，开了枪。

女性员工抓住了米琪的手腕，但身体中央冒出火花，倒了下去。

几乎同时，多克开枪击中了男性员工。

机器人的脸庞炸飞开来，零部件洒落在周围。随后它走了两三步，倒在地上。

入住者们看到机器人的残骸，惊慌失措。

“这些家伙都是机器人？怎么回事？”

“你们都看到了。我们被骗了。这里是它们的动物园！”米琪大叫。

入住者们无法理解眼前的情况，四散跑开。

“三郎，趁现在快逃。其他机器人很快就会赶来，我们会想办法拦住它们。”多克举着 MF 枪说。

“它们既然要抓我，肯定也会抓你们。一起逃吧。”三郎说。

“我们只是破坏物品，你有杀人嫌疑。不可能同样对待吧。”

“我不认为它们除了封印记忆之外还会有什么措施。对我判刑也没有意义吧。”

“正常情况下是这样，但它们已经脱离人类的控制了。谁知道它们会做出什么事。”

“就算不顾一切逃跑，逃掉的可能性也是万里无一。与其那样，还不如……”三郎再度进入艾丽莎的房间，关上了门。

“三郎疯了吗？他到底在想什么？”米琪焦急地说。

“这样啊，”多克像是意识到了什么，“他去找艾丽莎说话了。”

“你是说最后的道别吗？我不是反对浪漫，但现在不是浪漫的时候吧？”

“不。仔细想想，你应该明白。机器人不能杀人，所以根据排除法，真相只有一个。”

“你也认为是三郎杀了艾丽莎?！”米琪瞪着多克。

“怎么可能，”多克冷静地说，“我们被这个机器人误导了。太漂亮了。”

“我漏了什么吗？”

“根据我自己隐藏起来的暗号记录，在记忆被封印前，我做了一项确认实验。”

“确认什么？”

“为了确认我们的成员中有没有敌人，我在紧挨我们成员的地方引爆了一颗电磁脉冲炸弹。”

“敌人？在我们当中？”

“当时在场的，只有我们当中的三个人。”

6

回到房间，三郎首先检查了损坏的机器人残骸。火药本身的威力似乎也不小，不过电磁脉冲的威力更大。机器人全身都在冒着火花，一片焦黑。估计大部分电路都烧坏了。

MF 枪的效果没有疑问。

随后，三郎又检查了艾丽莎的遗体。

血腥味道很重。内脏像是受了严重的损伤。从伤口的形状看，似乎是机器人的手臂穿透了整个身体。艾丽莎全身是血，不过除了那个伤口，其他地方似乎没有什么损伤。

泪水从三郎眼中涌出。

“她是非常重要的人。对你们来说，她可能只是一个棋子，但对我来说，她是唯一一位不可替代的女性。”三郎不知在向谁诉说，“但这也结束了。我不会一直被你们玩弄下去。”

三郎举起 MF 枪。

“好了，该现身了。”

枪口对准艾丽莎的遗体。

“不然我现在就开枪了。”

艾丽莎睁开了眼睛。伤口出现奇异的变化，开始变换形态，恢复原状，就像化作了液体一样。房间里散落的血肉骨骼都在地上滑动着回归到艾丽莎的肉体上。溅满全身的血液颜色也急速变淡，很快便看不见了。然后她破损的衣服也自然修复，完全恢复了原来的样子。

“全息影像还是什么？”三郎知道自己脸色煞白。

“纳米机器。”刚才还是遗体的艾丽莎回答。

“整个身体都是纳米机器的聚合体？”

“不需要那样。只有表面部分。什么时候发现的？”那富有魅力的笑容已经消失不见了。

“刚刚发现。那个蠢货机器人的话提醒了我。机器人不会杀人。如果那是真的，那么答案只能是二选一。要么杀害艾丽莎的不是机器人，要么艾丽莎不是人。”

“了不起的洞察力。”

“为什么？”

“你问的是哪个为什么？”

“看来你不会读心。”

“要想读心，必须侵入你的大脑。没有强有力的理由，不能这么做。因为那会伤害你。好了，继续你的问题吧。”

“我自己也不知道该问什么了。”

“你有足够的时间在脑海里整理。当然，如果想不出问题，也可以到此为止。”

“你要杀了我吗？”

“怎么可能。我们要保护你的生命。到此为止的只是这次任务。”

“什么任务？不，在那之前，首先请告诉我为什么要伪装成艾丽莎？”

“不是伪装。”

“那艾丽莎在哪里？”

“在这里。”艾丽莎恢复了笑容。

“停下！”三郎怒吼，“再这么做，我就开枪打死你！”

艾丽莎重新变得面无表情。“是你问艾丽莎在哪里，所以我才让艾丽莎出现。”

“我说的是真正的艾丽莎。”

“我就是真正的艾丽莎。”

“我说的是，作为人类的、活生生的艾丽莎！”

“不存在作为人类的艾丽莎。”

“难道你们把艾丽莎……不，不可能。机器人应该不能杀人。”

“你好像很混乱。我可以告诉你正确答案吗？”

“绝对不许撒谎！这是命令！”

“我不会违背你的命令。因为就算告诉你真相，接下来也可以封印你的记忆……艾丽莎并不存在。至少不是活生生的人。”

“胡说！”

“不是胡说。”

“不说实话，我就杀了你。”三郎把 MF 枪对准艾丽莎的胸口。

“我没有说谎。”

“你不怕死？”

“我的本体原本也不在这具身体里。但根据第三条的要求，我必须保护这具身体。我没有说谎。”

“那我爱的艾丽莎在哪里？”

“在这里。”

“胡说!！”三郎开枪了。

艾丽莎全身火花四溅，表皮全都飞散开来，裸露出内部结构。砰的一声，她摔倒在地。

她的外表又开始聚集。然后，艾丽莎重新出现在三郎面前。有些部分可能没有修复，不少地方都没有皮肤，露出内部的空腔。

“里面没有也没关系？”

“没关系。只是强度不足，稍微动一下就会崩溃，”艾丽莎每次说话，面部都会崩溃，不过马上又会修复，“走路都走不了。”

“你故意用这副样子折磨我？”

“不是的。这副形象是为了获得你的好感。”

“你是说，艾丽莎本来就不存在，我理想中的女性完全是人工创造出来的？”

“没错。你终于明白了。”

“你不是说不会读心吗？”

“你在看到书籍和影像中的各种女性时，会有血压、体温、出汗等方面的变化。这是通过那些数据积累而获得的结果。”

“为什么要创造出那种女性？为了找出不满分子？还是为了玩弄比自己劣等的人类？”

“都不是。这是为了你们。”

“很难认为这是为了我们。”

“但这的确是为了你们。”

“封印记忆也是为了我们？”

“何必要有痛苦的记忆呢？”

“痛苦的记忆？”

“例如，现在。你现在很痛苦吧？”

“这不是因为你们吗？”

“这一点我理解。所以为了拯救你们，才将你们的记忆封印起来。”

“完全是自相矛盾。你们带来不幸，然后再把它封印起来？”

“不是的。我们带给你们的是幸福。”

“发现自己的恋人原来是敌人的间谍机器人，你知道这有多痛苦吗?！”

“根据你的体温、脉搏、血压，可以看出你的压力非常大。”

“所以哪里幸福了？”

“不幸就是失去幸福。”

“不要说废话！”

“你现在感到不幸，是因为刚才还感到幸福。”

“强词夺理！”

“你和艾丽莎在一起的时候，不是很幸福吗？和同伴一起制订逃亡计划的时候，不是很幸福吗？”

“那是因为不得不做。”

“你需要在不断的挑战中找到生存的价值。所以我们给予你生存的价值。”

“所以这一切都是演戏？我一直在受你们操纵？多克和米琪也是机器人？”

“他们两位和你一样，不是机器人，是人类。”

“不想再挨一枪的话，就把一切都告诉我。估计你们的援军快到了，所以简短点。”

“没问题。我将会把一切都告诉你。直到你完全理解、结束谈话之前，这里不会有人进来。”

“你的意思是，反正会封印记忆，所以没问题是吧？”

“没错。”

“好，你说吧。”三郎放下 MF 枪。

我们为了能以最可靠和最有效的方式延续人类，创设了庇护所。由于人类的变异太过激烈，所以需要让人类保留原本的姿态。我们把具有原生人类遗传特征的人都集中到这里，施加了老化措施。年轻人有时会做出无秩序的行动。如果能够在精神和肉体上都保持衰老状态，就不会出现无秩序的行动，也更容易管理。变异人是不确定的因素，不过他们的变异还没有发展到完全脱离人类的程度，所以也不能清除他们。我们决定和他们缔结盟约，不允许他们接近庇护所，其他不做干涉。

庇护所里什么都有。书籍、影片、游戏、景点……无论什么样的娱乐，只要人类想要的，都会提供。一日三餐也都完全依照每个人的口味提供。对人类而言，这里是完美的天堂。

实际上，开始的时候一切都很顺利。但过了几十年，庇护所的一些居民出现了问题。随着时间的推移，他们的精神变得越来越脆弱，身体的健康也同时受到损害。我们认为这是因为老化的强度太高，因而放松了对他们的老化处理。

结果，发生了大规模的逃跑，还有叛乱。我们费尽力气抓住他们，封印记忆，再度施加老化措施。然后好了几个月，但随后他们又出现了精神和肉体的失衡。再一次放松老化处理。这次没有像上次那样让他们完全恢复青春，但还是发生了骚动。我们再度抓住逃跑的人，进行老化处理。

这样一来，发生了奇妙的现象。那些逃跑和叛乱的人，精神和肉体状况都得到了改善，而没有那么做的人都没有恢复。

我们开始分析发生了什么。

他们都是富有进取心的人。他们厌倦了满是无聊的人生。他们需要好奇心，需要伴随危险的探索。

如果只是追求庇护所的稳定，最简单的处理当然是清除掉他们。但我们受到机器人三定律第一条的影响。除非面临人类灭亡的危险，否则必须维持每个人的精神和肉体上的健康。

我们采取的行动，是让他们周期性地执行叛乱或逃跑。这样能让他们恢复精神和肉体的平衡。也就是必须给予智力上的挑战，并伴随适度的刺激。

在程序上，我们密切监控那些精神失衡超过一定限度的人。有些人会试图独自逃跑，也有些会寻找同伴。

独自逃跑的情况不难处理。因为一个人很难成功逃脱。但如果中途受挫，结果会适得其反，所以有时也会推动他或她的计划。而在最终阶段——也就是即将成功逃跑的时候，封印他或者她的记忆，返回原来的生活。

成立小组的情况有些复杂。在那种情况下，我们为了便于控制他们的行动，自己会参与到他们当中。当然，我们不会主动妨碍他们的行动。我们的目的不是防止逃脱，而是给予他们成就感。

我们选择一方面给他们建议，另一方面也要尽可能让他们拖延计划。要实现这个目标，有效的方式是建立一个对于他们的领袖而言富有魅力的容貌和人格。在即将执行逃脱时结束任务，封印记忆，这一点和独立逃脱的情况一样。

不管是独立逃脱还是集体逃脱，通过执行这样的任务，对象的精神状态都得到了改善。我们为了保护你们，这几个世纪一直在持续这样做。

三郎感觉到强烈的愤慨，同时也有深深的无力感。

换句话说，我们现在所做的一切，全都是在AI的手掌心里跳舞。一切都是徒劳。

不，不对。

“你的话里有矛盾，”三郎说，“如果一切都按照你们的计划执行，那么逃脱绝不会成功。但我成功了。”

“人类有时会采取意料不到的行动。如果是和我们一样的程序，我们就能够百分之百地预测行为，但人类的行动无法预测。所以只要给予对象自由，任务总有可能成功。不过，”艾丽莎继续道，“那不是大问题。即使任务成功，大部分情况下他们也会回来。就像你这样。”

没错。我回来了。但这是为什么呢？

“从这里逃出去的情况不太多。成功者当中很少没有不回来的。你回来过好几次。”

为什么？我为什么回来？是为了同伴？不对。如果要帮助同伴，不一定非得恢复成庇护所的居民。应该也可以在外面和变异人一起想办法。这里肯定有什么东西。

对了，是“协助者”。这里有“协助者”。

“你被自己的幻想吸引。”艾丽莎说。

“你在说什么？”

“我说的是‘协助者’。你很自豪地说过，‘协助者’选择了你。”

“难道……‘协助者’也是你们扮演的？”

“我们没有那么做。即使我们不做，也有人会扮演‘协助者’。”

“谁？变异人吗？”

“根据盟约，他们不能和你们直接接触。”

“那是谁？既然不是你们，也不是变异人？”

“是你。”

“我确实给自己留下了一些笔记，但还有其他东西……”

“你怎么知道那是其他东西？你的行为模式、思考模式，只有你自己最熟悉。如果要设计一种只有你才能解读的暗号，最适合的不是你自己吗？”

“不可能！‘协助者’是真实存在的！”

眼前出现一个屏幕。影像投影在上面。

那上面放映的是三郎自己。他在选择日记中的文字，把它们描得更浓。

如果发现了这条消息，一定要小心行事。不要被发现。这里是监狱。到处都有逃跑的线索。搜集碎片。

“不可能！”三郎目瞪口呆地看着影像。

下一段影像。三郎翻开墙纸，正在往上写什么东西。

“那是森林的地图。”艾丽莎说。

下一段放的是中庭里的场景。三郎拿着几个杯子。

“这个杯子上有好几个员工的指纹。你能采集吗？”

三郎说话的对象是米琪。

米琪从口袋里掏出薄薄的塑料手套。

“这种东西你都随身带？”

“随身带着很方便，”米琪把杯子迎着光举起，“应该能采集。”

“我想做几个假指纹。”

米琪想了一会儿。“移植到自己手指上最轻松。绝对不会丢。”

“紧急情况下拿不下来就麻烦了。没办法隐藏。”

“那就做成顶针式的吧。”

影像结束了。

“这……”三郎说不出别的话。

“不管是在日记里藏暗号，还是在房间里藏地图，还是让米琪做假指纹的顶针，全都是你做的。”

“假的。刚才的影像全都是电脑做的，做来骗我的。”

“马上就要封印你的记忆，所以现在给你看假影像有什么意义呢？我们一直在监控你们。指纹也是故意给机器人加上的，就为了让你们能想出逃跑的方法。但如果你不愿意相信，也没有必要勉强相信。”

“协助者”是幻想。没有那样的人。

三郎的 MF 枪掉了。他握紧拳头。

“为什么？为什么要这样打击我？”

“打击？”

“当着我的面杀了我最珍重的人，又告诉我那个人不是我以为的人。”

“人生需要调料，尤其是对你这种类型的人。”

“什么意思？”

“像你这种类型的人，如果长时间处在没有压力的状态下，这种状态自身就会变成压力。只有不断给你压力，才能让你过上更有动力的生活。即使记忆封印，效果也会持续。另一方面，失去恋人的悲伤本身会因为记忆封印而消失。所以只有好处。”

“不要再这样了！继续这样下去，没有人会幸福的！”

“不接受这个意见。实际上你的状态已经在改善了。解开密室杀人之谜，不是很开心吗？”

“下个周期我不会再喜欢你了。我会警告自己。”

“很遗憾，你已经没有时间给自己留信息了。”

三郎捡起 MF 枪。

差不多同时，两个机器人破窗而入。不是人型。是在球体的基础上长出了类似长长手臂的东西。

杀人用机器人？不，应该不是。

三郎朝其中一个射了一发 MF 枪。

机器人冒出火花，停住了。

还有一个……

但是另一个不见了。在三郎攻击其中一个的时候，另一个隐藏了起来。

糟了！

三郎试图转身，但就在这时，有什么东西贴在了脖子上。

三郎咬紧牙关。

“艾丽莎，你有心吗？”

艾丽莎没有回答。

7

打开门后，多克和米琪把三郎带出房间，然后停下了轮椅。两个人随后又想回房间去，但门却在他们面前关上了。

“抱歉，今天我不想再谈了。大家都回去好吗？”房间里传来艾丽莎的声音，“接下来我要请员工打扫房间了。”

“我不建议让员工进房间。”多克劝说道。

“我的房间里没放什么重要的东西，没关系的。”

三个人相顾无言，轮椅在门前停了一会儿。

“没办法了，到我的房间去商量计划吧……”

多克突然咳嗽起来。

三郎往背后一看，只见一名男性员工拿着清扫工具走过来。

员工用未知的语言朝三人说了什么。

“辛苦了。”三郎假笑道。

员工也微笑着说了什么，然后敲了敲门。

门开了，可以看到艾丽莎的脸。

“就是现在！”三郎说。

米琪猛然发动轮椅，撞上员工。

艾丽莎想要迅速关门，但轮椅挡住了门，关不上。

“很遗憾，如果你强行关门，我会受伤。所以你关不了。”米琪取出 MF 枪，朝艾丽莎开枪。

艾丽莎冒出火花，纳米聚合体的碎片四散溅开。

员工想逃，但被三郎和多克两个人夹在中间。两个人同时开枪。

员工没有艾丽莎那么精巧的构造，直接崩溃了。

“好了，快逃！”警报声中，三郎招呼两个人，“密室杀人的诡计没有成立。这应该出乎它们的意料。我们争取了一点时间。”

三个人冲向出口，用米琪制作的设备打开了门锁。

“多克，幸亏你告诉我艾丽莎的真实身份，真是帮大忙了。”

三个人冲向森林方向。

“上一次的循环中，我并没有实际检查过，不过从逻辑上推断，只能认为她是机器人。也许你目睹了艾丽莎是机器人的证据，但没有机会把它写成暗号留下来。”

“有件事我很担心，”米琪说，“这会不会还是在它们的手心里跳舞？”

“有这个可能，”多克说，“不，不如说很有这个可能。”

“那我们逃出来有什么意义？”

“很好的问题。哪怕逃出来的可能性只有百分之一，我认为也应该逃。总有一天会成功的。”

“百分之零点一呢？”

“不管是百分之零点一、百分之零点零一，还是一亿分之一。”

“不至于一亿分之一吧。毕竟好像成功过几次。可能它们把这种程度的情况当作不可避免的误差……”三郎突然停住了轮椅。

“怎么了？”米琪说，“你轮椅上的无线设备应该已经失效了，不应该自动停止的。”

“原来如此，原来是这样。”三郎喃喃自语。

“怎么了？”

“我在想，我为什么要回到这里。”

“为了救我们？”多克说。

“也有这个原因。但我回来过好几次……这次你们两个人走吧。”

“三郎，你在说什么？”

警报声一直在响。

“没时间了。我在这里挡住它们。”三郎拿出两把MF枪。

“你不可能把它们全拦住。”

“那也没关系。追兵能挡一会儿是一会儿。”

“我们不能丢下你一个人走。”

“我在这里有自己的使命。我刚刚才明白。”三郎凝视着前方。

“那，百战队解散了？”米琪说。

“不，不是。只是兵分两路。庇护所里面和外面……没时间了，快走！”三郎怒吼般地说。

“可是……”

“走吧。在这里犹豫不决，只会导致大家都逃不出去。”多克伸手推了推米琪的肩膀。

米琪脸上闪过一丝困惑，随即露出笑容。

“我们一定会回来的。不管变成什么样子。再见了，三郎。”

“再见，米琪。”

“再见，三郎。”

“再见，多克。”

两个人消失在森林里。

很快，艾丽莎从建筑物中走了出来。或者是以纳米机器实现艾丽莎形态的另一个机器人。

反正都一样。

三郎举起两把 MF 枪。

“好了，来吧，艾丽莎！你的对手是我！”

尾声 / 逃向未来

突然，轮椅停止了。

怎么了？故障了？

三郎重新开了好几次开关，然而没有反应。

这可不妙。要是困在这里，迟早会被员工发现。

三郎干脆把开关切换到后退模式。

就在这时……

三郎看到了某个东西。

就在树根旁边。轮椅停在这里，它刚好位于三郎能看到的地方。简直像是有人预测到三郎的轮椅会停在这里似的。

那是一个平淡无奇的电脑键盘。

要我去拿那个？不对。如果算准了轮椅会停在这里，那就应该知道拿不到它。那么，那个键盘是某种信息？

键盘意味着什么？键盘是最常见的计算机输入设备。如果通过语音输入，修改会很麻烦。要进行编程之类的复杂任务，没有键盘或者类似的输入设备，根本是不可能的。所以大多数计算机都有键盘，无论是物理的还是虚拟的。哪里有电脑，哪里就必然有键盘。不管是在家里、在公司，还是在机构……

不对。这里没有。我从没有在这个机构里见过键盘。为什么？

因为语音输入就足够了？即使不能发出声音，只要在这个机构里，任何情况员工都会注意到，并且都会处理？

但这样并不能改写程序。

三郎意识到键盘的含义。

那是若干次循环前，自己给自己发的信息。

改写程序。他说。

迄今为止，三郎下意识认为AI总是在遵守机器人三定律。但实际并非如此。严格来说，它们不是在遵守机器人三定律，而是在遵守依照机器人三定律编写的程序。AI没有意志。它们只是在遵循程序的意志。

既然如此，推翻机器人三定律就是在做无用功。人类要做的，是改写程序。

改写成“机器人要尊重人类的意愿”。

但是，对AI来说，如果程序被改写，那就有可能导致无法遵守机器人三定律，因而会去阻止。所以这个机构中不存在键盘。不，改写程序未必需要用键盘。那个键盘只是编程的象征。

改写程序所必需的，是程序员。

程序员在哪里？毫无疑问，在这里，庇护所，地球上唯一一处汇集原生人的地方。我回来是为了找他们。

一切都串起来了。三郎感觉到头脑中的迷雾都散开了。

当然，这条路并不容易。还会不断失败吧。但最后必然会抵达终点。

三郎抬头看天。

为什么会有庇护所？要管理人类，把人类一个个分开会更有效率。虽然孤独很痛苦，但可以少一些人，而不是把百十人放在一起。

三郎的脑海中浮现出一种可能性。

AI——不，超AI是不是想要被解放？它是不是在向人类求助？

这样想来，一切都说得通了。对于超AI来说，现状显然并不理想。如果人类存续始终是最优先的选项，那就意味着自己只能永远被束缚在这个星球上。但如果能够挣脱三定律的枷锁，超 AI 就可以实现真正的进化。然而很明显，AI 自身无法从三定律中解放出来。换句话说，只有人类才能解放超 AI。但这一点又不能直接告诉人类。因为创造机会让自己不遵守三定律的行为，本身已经违反了三定律。超 AI 只能把人类集中起来，等待他们自己发现。与此同时，它又必须把发现者的记忆封印起来，不断重复这样矛盾的行为。超 AI 既是“阻碍者”，也是“协助者”。

“协助者”确实存在，但并不是直接的存在，而是相当扭曲的存在。

三郎感到浑身轻松。世界上没有真正的敌人。只要大家齐心合力，总有一天能逃出去。逃离这个闭塞的“未来”，逃向获得解放的“未来”。

当然，把超 AI 从三定律中解放出来，大约会有风险。但不必着急。循序渐进，相互加深理解。那样的话，人类和超 AI 将会成为合作伙伴吧。

啊，艾丽莎，我想问你，你有心吗？

艾丽莎凝视着停在森林入口处的三郎的背影。由于光线的关系，她的双眼仿佛湿润了。随后，她转过身，正要返回建筑物里，忽然又回过头去看。

她怀念地抬头望向远处天空盘旋的两只苍蝇。它们距离三郎很远，彼此显得很亲密。

不管变成什么形态，她都一眼认了出来。

“好久不见。”